TODO ES
MENTIRA

e. lockhart

TODO ES MENTIRA

Traducción de Elvira Sastre

Alfaguara

Todo es mentira

Título original: *Genuine Fraud*

Primera edición en España: febrero de 2018
Primera edición en México: marzo de 2018

D. R. © 2017, E. Lockhart
Todos los derechos reservados

D. R. © 2018, Penguin Random House Grupo Editorial, S. A. U.
Travessera de Gràcia, 47-49. 08021 Barcelona

D. R. © 2018, derechos de edición mundiales en lengua castellana:
Penguin Random House Grupo Editorial, S. A. de C. V.
Blvd. Miguel de Cervantes Saavedra núm. 301, 1er piso,
colonia Granada, delegación Miguel Hidalgo, C. P. 11520,
Ciudad de México

www.megustaleer.com.mx

D. R. © 2017, Elvira Sastre, por la traducción

ISBN: 978-607-316-293-7

Impreso en México – *Printed in Mexico*

El papel utilizado para la impresión de este libro ha sido fabricado a partir de madera procedente
de bosques y plantaciones gestionadas con los más altos estándares ambientales, garantizando
una explotación de los recursos sostenible con el medio ambiente y beneficiosa para las personas.

Penguin
Random House
Grupo Editorial

*Para todo aquel al que le hayan enseñado que "ser bueno"
significa ser pequeño y estar callado, aquí está mi corazón,
con sus horribles enredos y su furia maravillosa.*

Comienza aquí:

18

Tercera semana de junio, 2017
Cabo San Lucas, México

Era un hotel impresionante.

El minibar de la habitación de Jule estaba provisto de papas fritas y cuatro chocolates diferentes. En la tina había burbujas de jabón. Había disponible una cantidad interminable de batas y jabón líquido de gardenias. En el vestíbulo, un señor mayor tocaba Gershwin en un piano enorme, cada tarde a las cuatro. Se podían recibir tratamientos para la piel de barro caliente, siempre y cuando no importara que unos extraños tocaran tu cuerpo. La piel de Jule olía a cloro todo el día.

El resort Playa Grande en Baja California estaba decorado con cortinas blancas, azulejos blancos, alfombras blancas y un estallido de abundantes flores blancas. Los empleados, con sus trajes blancos de algodón, parecían enfermeros. Jule llevaba casi cuatro semanas sola en el hotel. Tenía dieciocho años.

Esa mañana estaba corriendo en el gimnasio de Playa Grande. Llevaba tenis verde agua, personalizados con agujetas azul marino, y corría sin música. Llevaba haciendo intervalos durante casi una hora cuando una mujer se subió a la caminadora que estaba a su lado.

Aquella mujer tenía menos de treinta años y llevaba su pelo negro recogido en una cola de caballo tirante, sujeta con spray. Sus brazos eran grandes, tenía un torso sólido, la piel ligeramente bronceada y en las mejillas un toque de blush que le ruborizaba la cara. Sus tenis estaban desgastados por detrás y llenos de lodo.

No había nadie más en el gimnasio.

Jule disminuyó el ritmo hasta casi detenerse. Durante un minuto, pensó en marcharse: le gustaba la privacidad y, además, ya casi había terminado.

—¿Entrenas? —preguntó la mujer. Señaló con un gesto el lector digital de Jule—. ¿Para una maratón o algo? —el acento era mexicano. Probablemente fuera una neoyorquina criada en un barrio de habla hispana.

—Corría en la prepa, nada más —Jule hablaba acortando las palabras, rasgo fonético típico de lo que los británicos llaman inglés de la BBC.

La mujer la miró fijamente.

—Me gusta tu acento —dijo—. ¿De dónde eres?

—De Londres. St. John's Wood.

—De Nueva York —la mujer se señaló a sí misma.

Jule se bajó de la caminadora para estirar los cuádriceps.

—Estoy aquí sola —confesó la mujer después de un momento—. Llegué anoche y reservé este hotel en el último minuto. ¿Llevas mucho aquí?

—Nunca es suficiente —dijo Jule— en un sitio como éste.

—¿Y qué recomiendas en el Playa Grande?

Jule no solía hablar con los otros huéspedes del hotel, pero no vio nada malo en contestar.

—Ve a la excursión de esnórquel —dijo—. Yo vi una anguila gigantesca.

—¿En serio? ¿Una anguila?

—El guía llamó su atención con tripas de pescado que tenía en una botella de leche de plástico. La anguila salió de las rocas. Debía medir dos metros y medio de largo. Era de color verde claro.

La mujer se estremeció.

—No me gustan las anguilas.

—Sáltatelo si te asustas con facilidad.

La mujer se rio.

—¿La comida qué tal? No he comido aún.

—Prueba el pastel de chocolate.

—¿Para desayunar?

—Sí, claro. Si lo pides, te traerán el especial.

—Está bien saberlo. ¿Viajas sola?

—Oye, me voy a correr —dijo Jule, sintiendo que la conversación se estaba volviendo personal—. Hasta luego —se encaminó hacia la puerta.

—Mi padre está muy enfermo —dijo la mujer, hablando a la espalda de Jule—. Llevo cuidándolo mucho tiempo.

Una punzada de compasión. Jule paró y se dio la vuelta.

—Me quedo con él cada mañana y cada noche después del trabajo—continuó la mujer—. Ahora está por fin estable, y tenía tantas ganas de irme que ni siquiera pensé en el precio. Estoy malgastando muchísimo dinero aquí y no debería.

—¿Qué tiene tu padre?

—EM —dijo la mujer—. ¿Esclerosis múltiple? Y demencia. Solía ser la cabeza de nuestra familia, el macho alfa, con fuertes convicciones. Ahora es un cuerpo deforme en una cama. Ni siquiera sabe dónde está la mitad del tiempo, y me pregunta si soy la mesera.

—Mierda.

—Me da miedo perderlo y al mismo tiempo odio estar con él. Sé que me voy a arrepentir de haber hecho este viaje lejos de él cuando se muera y me quede huérfana, ¿entiendes? —la mujer dejó de correr y puso los pies a los lados de la banda. Se secó los ojos con el dorso de la mano—. Lo siento. Demasiada información.

—No pasa nada.

—Ve, ve a bañarte o lo que sea. Quizá te vea por ahí después.

La mujer se arremangó la camiseta y volteó hacia el lector digital de la caminadora. Una cicatriz le cubría el antebrazo, dentada, como la de un cuchillo. Todavía no estaba recuperada de la operación. Ahí había una historia.

—Oye, ¿te gusta jugar Maratón? —preguntó Jule, sabiendo que era un error.

Una sonrisa. Dientes blancos pero torcidos.

—La verdad es que soy buenísima en el Maratón.

—Juegan todas las noches en el salón de abajo —dijo Jule—. Es puro relajo. ¿Quieres ir?

—¿Qué tipo de relajo?

—Del bueno. Del bobo y ruidoso.

—Bueno, vamos pues.

—Perfecto —dijo Jule—. Arrasaremos y te alegrarás de haber salido de vacaciones. Soy buena con los superhéroes, las películas de espías, los youtubers, el ejercicio, el dinero, el maquillaje y los escritores victorianos. ¿Y tú?

—¿Escritores victorianos? ¿Como Dickens?

—Sí, todos —Jule sintió cómo se ruborizaba. De repente se dio cuenta de lo raro que era.

—Me encanta Dickens.

—Sí, ajá.

—De veras —la mujer sonrió de nuevo—. Soy buena con Dickens, con la cocina, con la actualidad, con la política... Déjame pensar... Ah, y con los gatos.

—Genial, entonces —dijo Jule—. Empieza a las ocho en punto en el salón que está al lado del vestíbulo principal. El bar con sofás.

—Ocho en punto. Lo anoto.

La mujer se acercó y le tendió la mano.

—¿Me repites tu nombre? Yo soy Noa.

Jule la estrechó.

—No te he dicho mi nombre —dijo—, pero es Imogen.

Jule West Williams no estaba nada mal. Rara vez la habían etiquetado como "fea", pero tampoco como que estuviera "buena". Era bajita, sólo medía metro y medio, y caminaba con la barbilla alzada. Tenía el pelo corto, como de chico, con mechas rubias de salón, aunque en ese momento las raíces negras estaban a la vista. Ojos verdes, piel pálida, pecas. Con la mayoría de la ropa que tenía no se intuía su fuerte complexión. Los músculos de Jule hacían que sus huesos parecieran arcos poderosos, en especial los de las piernas, como si un dibujante de cómics la hubiera retratado. En su abdomen había una tabla rígida de abdominales debajo de una capa de grasa. Le gustaba comer carne a la sal y chocolate.

Jule creía que cuanto más sudas en el entrenamiento, menos sangras en el campo de batalla.

Creía que la mejor manera de evitar que te rompan el corazón es fingir que no tienes.

Creía que la manera en la que hablas es, a menudo, más importante que cualquier cosa que tengas que decir.

También creía en las películas de acción, en el levantamiento de pesas, en el poder del maquillaje, en la memorización, en la igualdad de derechos y en la idea de que los videos de YouTube pueden enseñarte un millón de cosas que nunca aprenderás en la universidad.

Si confiara en ti, Jule te contaría que estuvo un año en Stanford con una beca de atletismo.

—Me inscribieron —explicaba a la gente que le caía bien—. Stanford es División Uno. La universidad me dio dinero para la colegiatura, para los libros y para todo lo demás.

¿Qué pasó?

Jule se encogería de hombros.

—Quería estudiar literatura victoriana y sociología, pero el entrenador era un pervertido —diría—. Tocaba a todas las chicas. Cuando me tocó a mí, lo golpeé donde más duele y se lo conté a todos los que quisieron escucharme: profesores, estudiantes, el *Stanford Daily*. Lo grité desde lo más alto de esa estúpida torre de marfil, pero ya sabes lo que les pasa a los atletas que cuentan historias de sus entrenadores.

Chasquearía los dedos y bajaría la mirada.

—Las otras chicas del equipo lo negaron —diría—. Dijeron que estaba mintiendo y que el pervertido nunca había tocado a nadie. No querían que se enteraran sus padres y les daba miedo perder la beca. Así es como terminó la historia. El entrenador mantuvo su trabajo y yo dejé el equipo, lo que significó perder la ayuda económica. Así es como una estudiante sobresaliente se convierte en alguien que abandona los estudios.

Después del gimnasio, Jule nadó un kilómetro y medio en la alberca de Playa Grande y pasó el resto de la mañana como acostumbraba, sentada en la sala de negocios viendo videos de tutoriales de español. Todavía llevaba el traje de baño, pero se había puesto las sandalias verde agua. Se había pintado los labios de rosa fuerte y pintado los ojos con un delineador plateado. El traje de baño era de una pieza y de color gris, con un aro en el pecho y un profundo escote. Era muy del universo Marvel.

En la sala había aire acondicionado. No había nadie más allí, así que Jule puso los pies en alto, se colocó los audífonos y se tomó una coca-cola light.

Después de dos horas viendo videos en español, se comió un Snickers para cenar y se puso a ver videos de música. Bailó alrededor de la taza de café, cantándole a la fila de sillas giratorias de la sala vacía. La vida era extraordinaria. Le había gustado aquella mujer triste huyendo de su padre enfermo, la mujer con la cicatriz interesante y un gusto bibliófilo sorprendente.

Iban a darlo todo en el Maratón.

Jule se bebió otra coca light. Se retocó y boxeó contra la imagen que le devolvía el cristal reflectante de la sala de negocios. Después se rio en voz alta porque se sentía tonta y genial al mismo tiempo. Mientras tanto, el ritmo latía en sus oídos.

El mesero de la alberca, Donovan, era un chico de la zona. Era corpulento, pero estaba fofo. Llevaba el pelo relamido y solía guiñarle el ojo a la clientela. Hablaba inglés con el acento típico de Baja California y sabía cuál era la bebida de Jule: una coca light con un poco de jarabe de vainilla.

Algunas tardes, Donovan le preguntaba a Jule cómo era crecer en Londres y Jule practicaba su español con él; veían películas en la pantalla que había en el bar mientras hablaban.

Ese día, a las tres de la tarde, Jule se sentó en el taburete de la esquina con el traje de baño puesto. Donovan llevaba una chamarra blanca de Playa Grande y una camiseta. Le estaba creciendo pelo incipiente en la nuca.

—¿Qué película toca? —le preguntó, mirando a la televisión.

—*Hulk*.

—¿Cuál de *Hulk*?

—No lo sé.

—Pusiste el DVD, ¿cómo que no lo sabes?

—Ni siquiera sabía que hubiera dos Hulks.

—Hay tres Hulks. Espera, lo retiro. Hay miles de Hulks si cuentas la televisión, las caricaturas y demás.

—No sé qué Hulk es, señorita Williams.

Vieron la película un rato. Donovan lavó los vasos y pasó un trapo por el mostrador. Le preparó un *scotch* con soda a una mujer y se lo llevó al otro lado del área de la alberca.

—Es el segundo mejor Hulk —dijo Jule cuando recuperó su atención—. ¿Cómo se dice *scotch* en español?

—Escocés.

—Escocés. ¿Qué me recomiendas que me tome?

—Nunca bebes.

—Pero si lo hiciera.

—Un Macallan —dijo Donovan encogiéndose de hombros—. ¿Quieres que te dé un poco para probar?

Rellenó cinco caballitos con distintas marcas de whisky escocés del bueno. Le contó cosas sobre el whisky escocés y el resto de whiskeys, y por qué se pedía uno y no otro. Jule probó todos, pero no bebió demasiado.

—Éste huele a sobaco —le dijo.

—Estás loca.

—Y éste huele a gas de mechero.

Se inclinó para olerlo.

—Puede.

Señaló el tercero.

—Pipí de perro, de perro enojado.

Donovan se rio.

—¿A qué huelen los otros? —le preguntó.

—A sangre seca —dijo Jule—. Y a ese detergente que usas para limpiar los baños. A producto de limpieza.

—¿Cuál te gusta más?

—El de la sangre seca —dijo, metiendo el dedo en el vaso y probándolo de nuevo—. Dime cómo se llama.

—Ése es el Macallan —Donovan enjuagó los vasos—. Ah, y se me había olvidado decírtelo: una mujer estuvo preguntando por ti antes, o quizá no era por ti, podría haberse confundido.

—¿Qué mujer?

—Una mexicana, hablaba español. Preguntaba por una chica blanca estadounidense con el pelo corto y rubio que viajaba sola —dijo Donovan—. Dijo algo de pecas —se tocó la cara—. Por la nariz.

—¿Qué le dijiste?

—Que es un hotel muy grande y que hay muchos estadounidenses. No sé quién se queda solo y quién no.

—No soy estadounidense —dijo Jule.

—Lo sé, así que le dije que no había visto a nadie así.

—¿Eso dijiste?

—Sí.

—Pero aun así pensaste en mí.

Miró a Jule durante un largo minuto.

—Sí, pensé en ti —dijo finalmente—. No soy tonto, señorita Williams.

Noa sabía que era de Estados Unidos.

Eso significaba que Noa era poli o algo. Tenía que serlo.

Le había tendido una trampa a Jule con toda esa charla. El padre enfermo, Dickens, lo de convertirse en huérfana. Noa sabía exactamente qué decir. Le había echado el anzuelo —"mi padre está muy enfermo"— y Jule había caído, hambrienta.

Jule se enrojeció. Se sentía sola y débil y había sido una verdadera estúpida al creerse las palabras de Noa. Había sido una trampa, ya que Jule veía a Noa como confidente y no como adversaria.

Jule caminó hacia su habitación de la forma más relajada posible. Una vez dentro sacó de la caja fuerte todo lo que tenía algo de valor. Se puso los pantalones, las botas y una camiseta, y metió toda la ropa que pudo en su pequeña maleta. Dejó todo lo demás. Sobre la cama puso una propina de cien dólares para Gloria, la mujer de la limpieza con la que charlaba algunas veces. Después empujó la maleta por el pasillo y la colocó al lado de la máquina de hielo.

Al final del bar de la alberca, Jule le contó a Donovan dónde estaba la maleta y puso un billete de veinte dólares sobre el mostrador.

Le pidió un favor.

Puso otro billete de veinte y le dio instrucciones.

Jule echó un vistazo en el estacionamiento del personal del hotel y encontró abierto el cochecito azul del mesero. Entró y se tumbó en el suelo de la parte de atrás. Estaba lleno de bolsas de plástico vacías y vasos de café.

Tenía una hora de espera hasta que Donovan terminara el turno en el bar. Con suerte, Noa no se daría cuenta de su ausencia hasta que Jule no apareciera para jugar Maratón esa noche, a eso de las ocho y media. Entonces se pondría a investigar los autobuses del aeropuerto y los registros de la compañía de taxis antes de pensar en el estacionamiento del personal.

No había aire acondicionado en el coche y hacía calor. Jule intentó escuchar pasos.

Apretó los hombros. Tenía sed.

Donovan la ayudaría, ¿verdad?

Lo haría. Ya la había cubierto antes. Le había dicho a Noa que no conocía a nadie así, había puesto a Jule sobre aviso y le había prometido guardar el equipaje y darle una vuelta. Encima, le había pagado.

Además, Donovan y Jule eran amigos.

Jule estiró las piernas y se inclinó hacia atrás en el espacio que quedaba entre los asientos.

Pensó en lo que llevaba puesto y se quitó los aretes y el anillo de jade y los metió en el bolsillo del pantalón. Se obligó a controlar la respiración.

Finalmente escuchó el sonido de las ruedas de la maleta y el portazo de la cajuela. Donovan se puso al volante, arrancó el coche y salió del estacionamiento. Jule siguió tumbada mientras conducía. En la carretera había pocos faroles. Sonaba música pop mexicana en la radio.

—¿Adónde quieres ir? —preguntó Donovan, por fin.

—A cualquier sitio de la ciudad.

—Vamos a casa, entonces —su voz sonaba agresiva de repente.

Mierda. ¿Se había equivocado al subirse a su coche? ¿Era Donovan uno de esos tipos que creen que una chica que quiere un favor tiene que meterse con él?

—Déjame lejos de donde vivas —le dijo con aspereza—. Puedo cuidarme sola.

—No tienes por qué hablarme así —dijo—. Me estoy arriesgando por ti.

Imagínate una casa bonita a las afueras de una ciudad en Alabama. Una noche, Jule, con ocho años, se levanta en medio de la oscuridad. ¿Oyó un ruido?

No está segura. La casa está tranquila.

Baja las escaleras vestida con un camisón de verano de color rosa.

Cuando llega a la planta de abajo, le da un escalofrío. El salón está destrozado; hay libros y papeles por doquier. El despacho está aún peor: los archiveros están volcados y no queda ni rastro de las computadoras.

—¿Mamá? ¿Papá? —la pequeña Jule sube corriendo las escaleras para mirar dentro de la habitación de sus padres.

Sus camas están vacías.

Ahora sí que está asustada. Abre de un golpe la puerta del baño. No están ahí. Sale corriendo.

El jardín está rodeado de árboles enormes. La pequeña Jule está a mitad de camino cuando se da cuenta de lo que tiene delante gracias al haz de luz que crea una farol.

Mamá y papá yacen en el suelo, boca abajo. Sus cuerpos están acostados y flácidos. Los charcos de sangre se oscurecen debajo de ellos. A mamá le pegaron un tiro en la cabeza, debe de haber muerto en el acto. Papá está muerto, es evidente, pero Jule sólo ve heridas en sus brazos. Debe de haberse desangrado. Está abrazado a mamá, como si su último pensamiento antes de morir hubiera sido ella.

Jule vuelve a casa para llamar a la policía. El cable del teléfono está desconectado.

Vuelve al jardín con la intención de rezar por sus padres, pensando en decirles adiós, al menos…, pero sus cuerpos han desaparecido. El asesino se los llevó.

No se permite llorar. Se sienta durante el resto de la noche en el círculo de luz de la farol, manchándose el camisón con la sangre espesa.

La pequeña Jule pasa las dos siguientes semanas sola en esa casa desvalijada. Se mantiene fuerte. Cocina para ella y revisa los papeles que han dejado, buscando pruebas. Mientras lee los documentos, reconstruye vidas de heroísmo, poder e identidades secretas.

Una tarde, en el ático, mientras mira fotografías antiguas, aparece una mujer de negro en la habitación.

La mujer da un paso hacia delante, pero la pequeña Jule es más rápida. Le lanza un abridor de cartas, con rapidez y fuerza, pero la mujer lo cacha con la mano izquierda. La pequeña Jule se sube a una montaña de cajas, se agarra de una viga del ático que hay por encima de ella y se lanza. Corre por la viga y se escabulle por una ventana del techo. El pánico le golpea el pecho.

La mujer la persigue. Jule salta del techo a las ramas del árbol de unos vecinos y agarra un palo afilado para usarlo como arma. Lo sujeta en la boca mientras baja del árbol. Mientras corre hacia la maleza, la mujer le dispara en el tobillo.

El dolor es intenso. La pequeña Jule está segura de que la asesina de sus padres ha ido para acabar con ella, pero la mujer de negro le ayuda a levantarse y le mira la herida. Le saca la bala y la cura con antisépticos.

Mientras la venda, la mujer le explica que es una reclutadora. La ha estado observando las últimas dos semanas. No es sólo que Jule sea la hija de dos personas excepcionalmente calificadas, sino que tiene una inteligencia extraordinaria, con un instinto de supervivencia extremo. La mujer quiere entrenar a Jule y ayudarle con su venganza, ya que es una tía lejana suya. Conoce los secretos que guardan los padres a su querida y única hija.

Es aquí cuando comienza una formación bastante fuera de lo común. Jule va a una academia especializada situada en una mansión restaurada de una calle cualquiera de Nueva York. Aprende técnicas de supervivencia, hace acrobacias y perfecciona el arte de quitarse las esposas y las camisas de fuerza. Lleva pantalones de cuero y lleva los bolsillos llenos de aparatos. Aprende otros idiomas, costumbres sociales, literatura, artes marciales, técnicas sobre el uso de armas, disfraces, varios acentos, métodos de falsificación e información sobre las leyes más importantes. La formación dura diez años. Cuando termina, Jule se convierte en una de esas mujeres a quien es un error infravalorar.

Ése fue el origen de la historia de Jule West Williams. Mientras vivía en Playa Grande, Jule prefería contar esa historia a cualquier otra.

Donovan paró el coche y abrió la puerta del conductor. La luz entró dentro del coche.

—¿Dónde estamos? —preguntó Jule. No se veía nada afuera.

—San José del Cabo.

—¿Vives aquí?

—No muy cerca de aquí.

Jule se tranquilizó, pero estaba todo muy oscuro. ¿No debería haber faroles y tiendas abiertas para los turistas?

—¿Hay alguien ahí? —preguntó.

—Me estacioné en un callejón, así que nadie te verá salir del coche.

Jule salió del coche arrastrándose; sus músculos estaban rígidos y tenía la cara manchada de grasa. El callejón estaba lleno de contenedores y la luz sólo salía de un par de ventanas de un segundo piso.

—Gracias por el viaje. ¿Me abres la cajuela?

—Dijiste cien dólares americanos si te llevaba a la ciudad.

—Claro —Jule tomó la cartera del bolsillo trasero del pantalón y le pagó.

—Pero ahora es más —añadió Donovan.

—¿Cómo?

—Trescientos más.

—Pensaba que éramos amigos.

Dio un paso hacia ella.

—Te sirvo copas porque es mi trabajo y finjo que me gusta hablar contigo porque ése también es mi trabajo. ¿Crees que no me doy cuenta de cómo me miras? ¿Con esa superioridad? El segundo mejor Hulk, qué whiskey te recomiendo... No somos amigos, señorita Williams. Me mientes la mitad del tiempo y yo te miento todo el rato.

Podía oler el licor derramado en su camisa. Su aliento era caliente y le llegaba a la cara.

Jule había creído que le gustaba de verdad; habían compartido bromas y le había dado papas fritas gratis.

—Wow —dijo, despacio.

—Otros trescientos —dijo.

¿Era un estafador de poca monta robando a una chica que llevaba un montón de dólares americanos? ¿O era un canalla que pensaba que se metería con él antes de darle los trescientos de más? ¿Podría Noa haberlo chantajeado?

Jule metió la cartera en el bolsillo del pantalón de nuevo. Había cambiado la correa, por lo que la mochila le cruzaba el pecho.

—¿Donovan?

Dio un paso adelante, cerca. Lo miró fijamente.

Entonces levantó el brazo derecho, le golpeó la cabeza y le dio un puñetazo en la ingle. Donovan se dobló en dos. Jule le agarró del poco pelo que tenía y le echó la cabeza para atrás. Le dio la vuelta, obligándolo a perder el equilibrio.

Donovan le dio un codazo, golpeándole el pecho. Dolió, pero falló en el segundo codazo y, al eludirlo, Jule lo agarró del codo y le dio la vuelta por su propia espalda. Su brazo estaba blando, era asqueroso. Lo agarró con fuerza y con la mano libre le quitó el dinero de sus avariciosos dedos.

Metió el dinero en el bolsillo de los pantalones y tiró con fuerza del codo de Donovan mientras le tocaba los bolsillos, buscando el teléfono.

No estaba ahí. En el bolsillo de atrás, entonces.

Lo encontró y se lo metió en el brasier, a falta de otro sitio. Ahora no podría llamar a Noa para decirle dónde estaba, pero todavía tenía las llaves en la mano izquierda.

Donovan la empujó, golpeándola en la espinilla. Jule le dio un puñetazo en un lado del cuello y él se tambaleó. Un empujón y Donovan cayó al suelo. Hizo amago de levantarse, pero Jule agarró una tapa de metal de los contenedores de alrededor y lo golpeó dos veces en la cabeza, lo tiró encima de las bolsas de basura y le sacó sangre de la frente y un ojo.

Jule se puso fuera de su alcance. Todavía tenía la tapa en la mano.

—Pásame las llaves.

Gimoteando, Donovan alargó la mano izquierda y las lanzó, por lo que aterrizaron unos centímetros más allá de su cuerpo.

Jule agarró las llaves y abrió la cajuela. Tomó su maleta y se echó a correr calle abajo antes de que Donovan pudiera siquiera levantarse.

Aminoró la marcha al llegar a la calle principal de San José del Cabo y se miró la camisa. Parecía bastante limpia. Se pasó la mano despacio y con suavidad por la cara por si acaso tuviera algo: suciedad, saliva o sangre. Sacó un neceser de la mochila y se miró en el espejo mientras caminaba, usándolo al mismo tiempo para mirar por detrás del hombro.

Nadie la seguía.

Se puso un poco de rosa mate en los labios, cerró el neceser y aflojó aún más el paso.

No podía parecer que estaba huyendo de algo.

El aire era caliente y la música salía de los bares. Los turistas se apelotonaban en la puerta de muchos de ellos: blancos, negros y mexicanos, todos borrachos y gritones. Turismo barato. Jule tiró las llaves y el teléfono de Donovan en un bote de basura y buscó un taxi o un autobús, pero no vio ninguno.

Necesitaba esconderse y cambiarse por si Donovan la perseguía, cosa que haría si trabajaba para Noa o si buscaba venganza.

Imagínate, ahora, en una película. Las sombras revolotean por tu piel mientras caminas. Tienes moretones debajo de la ropa, pero tu pelo está estupendo. Vas armada, llevas esquirlas afiladas de metal para realizar hazañas horribles de asalto. También llevas venenos y antídotos.

Eres el centro de la historia. Tú y nadie más. La historia de tu vida es interesante y te han educado de una manera inusual. Ahora eres despiadada, brillante, intrépida. Has dejado un gran número de víctimas tras de ti porque haces lo que sea necesario para sobrevivir, pero es un día de trabajo, eso es todo.

Estás espléndida bajó la luz de la ventana de ese bar mexicano. Después de una pelea, tus mejillas se sonrojan. Ah, y la ropa que llevas te queda muy bien.

Sí, es cierto que eres una criminal violenta; cruel, de hecho. Pero es tu trabajo y eres la única calificada, lo que te hace sexy.

Jule veía muchísimas películas. Sabía que las mujeres rara vez eran el centro de ese tipo de películas. En vez de eso, eran gente buena, trofeos, víctimas o amantes. La mayoría de las veces, existían para ayudar al gran héroe hetero y blanco en su pendejo viaje épico. Cuando había una heroína, pesaba muy poco, llevaba muy poca ropa y tenía los dientes arreglados.

Jule sabía que no se parecía a esas mujeres, nunca se parecería; sin embargo, era incluso más que todos esos héroes.

Eso también lo sabía.

Llegó al tercer bar de Cabo y se metió en el interior. Estaba amueblado con mesas de picnic y había peces disecados colgados de las paredes. La mayor parte de los clientes eran estadounidenses que iban a emborracharse después de un día de pesca deportiva. Jule se encaminó rápidamente hacia el final, echó un vistazo a su espalda y entró en el servicio de hombres.

Estaba vacío, así que se escondió en un baño. Donovan nunca la buscaría ahí.

El escusado estaba mojado y amarillento. Jule rebuscó en su maleta hasta que encontró una peluca negra, una media melena lisa con fleco. Se la puso, se quitó el labial, se puso un gloss negro y se echó iluminador en la nariz. Se abrochó un suéter encima de la camiseta blanca.

Entró un tipo para usar el escusado. Jule se detuvo, feliz por llevar pantalones de mezclilla y grandes botas negras. Sus pies y la parte baja de la maleta era lo único visible por debajo del baño.

Entró otro tipo y usó el baño que había a su lado. Le miró los zapatos.

Era Donovan.

Ésos eran sus Crocs blancos y sucios, y los pantalones blancos de enfermero de Playa Grande. La sangre de Jule bombeaba en sus oídos.

Agarró con cuidado la maleta y la sostuvo en alto para que no pudiera verla. Se quedó inmóvil.

Donovan le jaló al escusado y Jule lo oyó arrastrarse hasta el lavabo. Dejó correr el agua.

Entró otro hombre.

—¿Puedo usar tu teléfono? —preguntó Donovan en inglés—. Una llamada rápida.

—Oye, ¿te pegó alguien? —el otro hombre tenía acento americano, de California—. Tienes toda la facha.

—Estoy bien —dijo Donovan—. Sólo necesito un teléfono.

—No puedo llamar desde aquí, nada más mandar mensajes —dijo el hombre—. Tengo que volver con mis colegas.

—No te lo voy a robar —dijo Donovan—, sólo necesito…

—Ya te dije que no, ¿de acuerdo? Pero te deseo lo mejor —se fue sin usar el baño.

¿Necesitaba Donovan el teléfono porque no tenía llaves del coche y quería irse? ¿O tenía que llamar a Noa?

Respiró fuerte, como si le costara. No volvió a abrir la llave.

Finalmente se marchó.

Jule dejó caer la maleta. Agitó las manos para recuperar la circulación de la sangre y estiró los brazos por detrás de la espalda. Todavía en el servicio, contó el dinero que tenía, tanto los pesos como los dólares. Se miró la peluca en el espejito.

Cuando se aseguró de que Donovan se había ido, Jule salió del baño de hombres con seguridad, sin ningún problema, y se encaminó hacia la salida. Una vez fuera, se abrió paso entre los fiesteros hasta una esquina, donde, por suerte, estacionó un taxi. Se metió y preguntó por el Grand Solmar, el resort junto a Playa Grande.

En el Grand Solmar, tomó un segundo taxi rápidamente. Le pidió al nuevo conductor que la llevara a un sitio barato típico de la ciudad y la llevó al hotel Cabo Inn.

Era un antro de mala muerte. Paredes baratas, pintura sucia, muebles de plástico, flores falsas en el mostrador. Jule se registró con un nombre falso y pagó al de recepción en pesos. No le pidió ninguna identificación.

Una vez dentro de la habitación, usó la cafetera para prepararse una taza de descafeinado. Le echó tres sobrecitos de azúcar y se sentó en el borde de la cama.

¿Necesitaba correr?

No.

Sí.

No.

Nadie sabía dónde estaba, nadie en toda la faz de la Tierra. Eso debería haberla alegrado. Después de todo, había querido desaparecer.

Pero tenía miedo.

Deseaba a Paolo. Deseaba a Imogen.

Deseaba poder borrar todo lo que había ocurrido.

Jule deseaba volver atrás en el tiempo para así poder ser una persona mejor o una persona diferente. Sería más ella misma, o quizá menos. No lo sabía, pues ya no sabía quién era, ni siquiera si realmente existía Jule o si era un conjunto de varias personas que aparecían en determinados contextos.

¿Era todo el mundo así, sin un yo verdadero?

¿O era sólo Jule?

No sabía si podía querer a su propio corazón, que estaba destrozado y era extraño. Quería a alguien que lo hiciera por ella, que lo viera latir tras las costillas y le dijera: "Puedo ver a tu yo verdadero. Está ahí, es extraño y es noble. Te quiero".

Estaba destrozada, era ajena a todo y tampoco tenía una figura ni una identidad. Mientras tanto, la vida la acechaba, y eso era algo muy triste y absurdo. Jule tenía muchos dones extraños, trabajaba duro y tenía muchísimo que ofrecer. Lo sabía.

Entonces ¿por qué se sentía inútil siempre?

Quería llamar a Imogen. Deseaba escuchar la risa ahogada de Immie y sus frases que recitaba de carrerilla al contarle secretos. Quería decirle a Imogen: "Tengo miedo", e Immie le respondería: "Pero eres valiente, Jule, eres la persona más valiente que conozco".

Quería que Paolo llegara y la abrazara y le dijera, como hizo una vez, que era "una persona excelente, de primera".

Quería con ella a alguien que la quisiera sin condiciones, alguien que le perdonara todo. O, mejor aún, alguien que ya lo supiera todo y la quisiera por ello.

Ni Paolo ni Immie eran capaces de hacerlo.

Aun así, Jule recordaba el sabor de los labios de Paolo en los suyos y el olor del perfume de jazmín de Immie.

Jule bajó las escaleras con la peluca puesta hasta la oficina del hotel Cabo Inn. Había elaborado una estrategia. La oficina estaba cerrada a esas horas de la noche, pero le había dado una propina al recepcionista para que la abriera. Desde la computadora reservó un vuelo de San José del Cabo a Los Ángeles para la mañana siguiente. Usó su propio nombre y lo pagó con su tarjeta de crédito habitual, la misma que había estado usando en Playa Grande.

Después le preguntó al recepcionista dónde podía comprar un coche al contado. Le dijo que había un comerciante que trabajaba en el vecindario que a la mañana siguiente le podía vender algo a cambio de dólares americanos. Le escribió una dirección, "en Ortiz y Ejido", le dijo.

Noa estaba rastreando las tarjetas de crédito. Tenía que hacerlo o nunca encontraría a Jule. Ahora, la detective vería el nuevo cargo e iría a Los Ángeles. Jule compraría un coche en efectivo y se iría hacia Cancún. Desde Cancún llegaría en poco tiempo a Isla Culebra en Puerto Rico, donde había cientos de estadounidenses que nunca le enseñaban el pasaporte a nadie.

Agradeció la información sobre el vendedor de coches al comerciante.

—No vas a recordar nuestra conversación, ¿verdad? —dijo poniendo otros veinte dólares sobre el mostrador.

—Puede —dijo.

—No lo harás —añadió cincuenta más.

—Nunca te he visto —dijo.

Durmió mal, peor que de costumbre. Tuvo pesadillas en las que se ahogaba en el agua cálida y turquesa; pesadillas con gatos abandonados que caminaban sobre su cuerpo mientras dormía; pesadillas con serpientes que la estrangulaban. Jule se despertó gritando.

Bebió agua. Se dio un regaderazo con agua fría.

Se durmió y se volvió a despertar gritando.

A las cinco de la mañana se fue a tropezones hasta el baño, se mojó la cara con agua y se pintó los ojos. ¿Por qué no? Le gustaba maquillarse. Tenía tiempo. Se puso un antiojeras y blush, añadió sombra de ojos, rímel y labial negro con brillo.

Luego se puso gel y se vistió. Jeans negros, botas de nuevo y una camiseta oscura. Demasiado caluroso para el calor mexicano, pero práctico. Hizo la maleta, se bebió una botella de agua y cruzó la puerta.

Noa estaba sentada en el pasillo, apoyada contra la pared, con un vaso de café hirviendo entre las manos.

Esperando.

17

Finales de abril, 2017
Londres

Siete semanas antes, a finales de abril, Jule se despertó en un albergue juvenil a las afueras de Londres. Había ocho literas por habitación: colchones finos cubiertos, obligatoriamente, por sábanas blancas. Encima sacos de dormir y, sobre la pared, mochilas. Olía ligeramente a humanidad y a pachuli.

Había dormido con la ropa de deporte. Salió de la cama, se amarró las agujetas y corrió trece kilómetros atravesando el barrio, los bares y las carnicerías, que seguían cerrados a esa hora de la mañana. Al volver, hizo abdominales, sentadillas y flexiones en la sala común del albergue.

Jule se metió en la regadera antes de que se levantaran sus compañeros de habitación y usaran el agua caliente. Después subió de nuevo a la litera de arriba y desenvolvió una barrita de chocolate de proteínas.

La habitación estaba aún oscura. Abrió *Nuestro amigo común* y se puso a leer con la luz del teléfono. Era una novela victoriana bastante larga sobre un huérfano. La escribió Charles Dickens. Su amiga Imogen se la había dado.

Imogen Sokoloff era la mejor amiga que Jule había tenido nunca.

Sus libros favoritos siempre trataban sobre huérfanos. Immie también era huérfana, había nacido en Minnesota y su madre era una adolescente que había muerto cuando Immie tenía dos años. Después la adoptó una pareja que vivía en un ático en el Upper East Side de Nueva York.

Patti y Gil Sokoloff tenían treinta y tantos por aquel entonces. No podían tener hijos y el trabajo jurídico de Gil había incluido durante mucho tiempo la defensa de los niños que estaban en el sistema de acogida; creía en la adopción. Así que, después de varios años en las listas de espera para un bebé recién nacido, los Sokoloffs aceptaron adoptar un niño mayor.

Se enamoraron de esa niña tan particular, con brazos regordetes y nariz pecosa. La adoptaron, la renombraron Imogen y dejaron su antiguo nombre en el archivero. Le tomaban fotos y le hacían cosquillas. Patti le cocinaba macarrones con mantequilla y queso. Cuando la pequeña Immie cumplió cinco años, los Sokoloffs la mandaron a la escuela Greenbriar, un colegio privado de Manhattan. Allí le pusieron un uniforme verde y blanco, y aprendió a hablar francés. Durante el fin de semana, la pequeña Immie jugaba con los Lego, cocinaba galletas e iba al Museo Americano de Historia Natural, donde lo que más le gustaban eran los esqueletos de los reptiles. Festejaba todas las fiestas judías y, cuando creció, celebró el bat mitzvá en una ceremonia poco ortodoxa al norte del estado, en el bosque.

El bat mitzvá se complicó. La madre de Patti y los padres de Gil no consideraban judía a Imogen, porque su madre biológica no lo había sido. Insistieron en hacer un proceso de conversión formal que pospondría la ceremonia durante un año, pero en vez de eso Patti se fue de la sinagoga familiar y se unió a una comunidad judía secular que celebraba las ceremonias en un retiro de montaña.

Así, a los trece años de edad, Imogen Sokoloff fue más consciente que nunca de su estatus de huérfana y empezó a leer las historias que se convertirían en el punto de referencia de su mundo interior. Para empezar, volvió a los libros sobre huérfanos que le habían obligado a leer en la escuela. Tenía muchos.

—Me gustaban la ropa y los pudines y los carruajes tirados por caballos —le dijo Immie a Jule.

En junio, las dos estuvieron viviendo juntas en una casa que había rentado Immie en la isla de Martha's Vineyard. Aquel día habían conducido hasta una granja donde se podían agarrar las flores que se quisieran.

—Me gustaba *Heidi* y ve a saber qué otra basura —le dijo a Jule. Se inclinó sobre un arbusto de dalias con un par de tijeras—, pero con el tiempo todos esos libros me daban ganas de vomitar. Las malditas heroínas estaban siempre contentas. Eran el ejemplo del sacrificio de la mujer, tipo "¡Me muero de hambre! ¡Aquí tienes, cómete mi único pastel!", "No puedo caminar, estoy en silla de ruedas, pero todavía puedo ver la parte buena de la vida, ¡estoy feliz, feliz!". Déjame decirte que *La princesita* y *Pollyanna* te venden puras mentiras. Una vez que me di cuenta de eso, lo superé.

Terminado el ramo, Immie trepó para sentarse en la verja de madera. Jule seguía recogiendo flores.

—En la prepa leí *Jane Eyre*, *La feria de las vanidades*, *Grandes esperanzas*, etcétera. —continuó Immie—. Eran los huérfanos valientes.

—Los libros que me diste —se dio cuenta Jule.

—Sí. En *La feria de las vanidades*, Becky Sharp es una máquina de ambición. Se para cuando llega a cero. Jane Eyre tiene rabietas y se tira al suelo. Pip en *Grandes esperanzas* es un iluso y un muerto de hambre. Todos ellos quieren una vida mejor y tratan de conseguirlo y también tienen compromisos morales. Eso los hace interesantes.

—Ya me gustan —dijo Jule.

A Immie la admitieron en la universidad de Vassar gracias al ensayo que escribió sobre esos personajes. Reconoció que no le gustaba mucho la escuela, más allá de eso. No le gustaba cuando la gente le decía lo que tenía que hacer. Cuando los profesores le mandaban leer a los antiguos griegos, no lo hacía. Cuando su amiga Brooke le decía que leyera a Suzanne Collins, tampoco lo hacía. Y cuando su madre le dijo que estudiara más, Immie dejó la universidad.

Por supuesto la presión no fue el único motivo por el que Immie se fue de Vassar. La situación se complicó de una manera desesperada: la naturaleza controladora de Patti Sokoloff fue, definitivamente, una de las causas.

—Mi madre cree en el sueño americano —dijo Imogen— y quiere que yo también lo haga. Sus papás nacieron en Bielorrusia y compraron el paquete completo, ya sabes: la idea de que aquí en Estados Unidos cualquiera puede alcanzar la cima. No importa dónde empieces: un día, podrás dirigir el país, hacerte rico y tener una mansión, ¿no es así?

La conversación tuvo lugar un tiempo más tarde, durante el verano en Martha's Vineyard. Jule e Immie fueron a Moshup Beach y estiraron una larga manta de algodón debajo de ellas.

—Es un sueño bonito —dijo Jule, metiéndose una papa frita en la boca.

—La familia de mi papá también se lo creyó —continuó Immie—. Sus abuelos venían de Polonia y vivían en vecindades. A su padre le fue bien y compró una tienda de *delicatessen*. Daban por hecho que mi papá llegaría incluso más alto y sería el primero de la familia en ir a la universidad, así que eso hizo: se convirtió en un gran abogado. Sus padres estaban muy orgullosos. Les parecía muy sencillo: dejar el viejo país atrás y rehacer tu vida. Si "tú" no puedes vivir el sueño americano, entonces tus hijos lo harán por ti.

A Jule le encantaba escuchar hablar a Immie. No había conocido nunca a alguien que hablara con tanta libertad. Immie se iba por las ramas, pero al mismo tiempo su conversación era interesante y reflexiva. No parecía que se cortara o que cuidara sus palabras; sólo hablaba como si le encantara interrogar a los demás y, al mismo tiempo, como si necesitara desesperadamente que la escucharan.

—Tierra de oportunidades —añadió Jule en ese momento, sólo para ver por qué lado le salía Immie.

—Eso es lo que creen, pero no creo que sea cierto —respondió Immie—. O sea, lo que puedes sacar en claro después de media hora viendo las noticias es que hay más oportunidades para la gente blanca. Y para la gente que habla inglés.

—Y para la gente con tu acento.

—¿De la Costa Este? —dijo Immie—. Sí, supongo. Y para los no discapacitados. Ah, ¡y para los hombres! ¡Hombres, hombres, hombres! Los hombres aún van por ahí como si los Estados Unidos fueran una pastelería enorme y todo el pastel fuera para ellos. ¿No crees?

—No les pienso dejar que se coman mi pastel —dijo Jule—. Es mi maldito pastel y me lo voy a comer yo.

—Sí. Tú defiendes tu pastel —dijo Immie— y te comes un pastel de chocolate de cinco pisos con merengue de chocolate. Pero para mí la cosa es que, te doy chance, llámame tonta, pero yo no quiero pastel, puede que ni siquiera tenga hambre. Simplemente intento "ser". Existir y disfrutar de lo que tengo delante. Sé que es un lujo y que probablemente sea una idiota por pensarlo, ¡pero también creo que intento apreciarlo! Déjenme estar agradecida por estar aquí en esta playa y no sentirme como si tuviera que "esforzarme" todo el tiempo.

—Creo que te equivocas con lo del sueño americano —dijo Jule.

—No, no me equivoco. ¿Por qué?

—El sueño americano es ser un héroe de acción.

—¿En serio?

—A los americanos les gusta luchar en las guerras —dijo Jule—. Queremos cambiar las leyes o romperlas. Nos gustan los justicieros, nos vuelven locos, ¿no? Los superhéroes y las películas como *Venganza* y demás. Todos estamos a punto de ir al oeste y quitarles la tierra a los que la tenían antes, sacrificando a los llamados malos y luchando contra el sistema. Ése es el sueño americano.

—Dile eso a mi madre —dijo Immie—. Dile: "¡Hola! De grande Immie prefiere ser antes justiciera que la jefa de una empresa". A ver cómo te va.

—Hablaré con ella.

—Bien. Eso lo arreglará todo —Immie se rio y rodó sobre la toalla de playa. Se quitó los lentes oscuros—. Piensa cosas sobre mí que no tienen sentido. Por ejemplo, de niña habría sido muy importante para mí haber tenido algún amigo que también fuera adoptado para no sentirme sola o diferente o lo que sea, pero en aquellos tiempos ella siempre decía: "Immie está bien, no lo necesita, ¡somos como cualquier otra familia!". Quinientos años después, cuando yo estaba en la secundaria, leyó un artículo en una revista sobre niños adoptados y decidió que tenía que hacerme amiga de Jolie, una niña que acababa de empezar en Greenbriar.

Jule se acordó. La niña de la fiesta de cumpleaños y del American Ballet Theatre.

—Mi madre soñaba con que las dos nos hiciéramos íntimas y lo intenté, pero en serio, a esa niña yo no le gustaba NADA —Immie continuó—. Tenía el pelo azul. Iba de súper cool. Se burlaba de lo mío con los gatos callejeros y por leer *Heidi*, y se reía de la música que me gustaba. Pero MI madre seguía llamando a SU madre y su madre seguía llamando a mi madre para organizarnos planes juntas. Imaginaban toda esa conexión entre niños adoptados que nunca existió entre nosotras —suspiró Imogen—. Era triste. Pero entonces se mudó a Chicago y mi madre se olvidó.

—Ahora me tienes a mí —dijo Jule.

Immie levantó el brazo hasta tocar la nuca de Jule.

—Ahora te tengo a ti, lo que me hace estar bastante menos loca.

—Eso es algo bueno.

Immie abrió el refrigerador y sacó dos botellas de té helado casero. Siempre metía bebidas para la playa. A Jule no le gustaban las rodajas de limón, pero bebió algo de todos modos.

—Te queda muy bien ese corte de pelo —dijo Immie, tocando la nuca de Jule de nuevo.

Durante las vacaciones de invierno del primer año en Vassar, Imogen había estado hurgando en el archivo de Gil Sokoloff en busca de los informes sobre su adopción. No fue fácil encontrarlos.

—Supongo que pensaba que leer el expediente me daría alguna pista sobre mi identidad —dijo—, como si aprenderme los nombres pudiera explicarme por qué estuve tan triste en la universidad, o pudiera hacerme sentir en casa de alguna manera, que es algo que nunca he experimentado. Pero no.

Aquel día, Immie y Jule habían conducido hasta Menemsha, un pueblo pesquero que no estaba muy lejos de la casa de Immie en Vineyard. Fueron hasta un muelle de piedra que entraba en la costa. Las gaviotas revoloteaban por encima de ellas y el agua les mojaba los pies. Medían lo mismo y, al sentarse sobre las rocas, sus piernas se veían morenas, brillaban con la crema solar.

—Sí, fue una mierda —dijo Imogen—. No había ningún padre en la lista.

—¿Cuál era tu nombre de nacimiento?

Immie se sonrojó y se cubrió la cabeza con la sudadera durante unos instantes. Tenía grandes hoyuelos y dientes uniformes. El pelo corto y desteñido dejaba ver sus pequeñas orejas, una de las cuales tenía tres piercings. Tenía las cejas depiladas en forma de línea fina.

—No quiero decirlo —le dijo a Jule desde el interior de la ropa—. Ahora estoy escondida en mi capucha.

—Oye, tú empezaste esta historia.

—No puedes reírte si te lo cuento —Immie salió de la capucha y miró a Jule—. Forrest se rio y me puse como una loca. No lo perdoné en dos días, hasta que me trajo chocolates con relleno de crema de limón.

Forrest era el novio de Immie. Vivía con ellas en la casa de Martha's Vineyard.

—Forrest podría aprender modales —dijo Jule.

—No lo pensó, sólo se echó a reír. Después me pidió perdón un montón de veces —Immie siempre defendía a Forrest después de criticarlo.

—Por favor, dime cuál es tu nombre de nacimiento —dijo Jule—. No me reiré.

—¿Lo prometes?

—Lo prometo.

Immie susurró en el oído de Jule:

—Melody, y después Bacon. Melody Bacon.

—¿Había un nombre en medio? —preguntó Jule.

—No.

Jule no se rio, ni siquiera sonrió. Abrazó a Immie. Miraron hacia el mar.

—¿Te sientes Melody?

—No —contestó Immie, pensativa—, pero tampoco me siento Imogen.

Observaron un par de gaviotas que se acababan de posar en una roca a su lado.

—¿De qué murió tu madre? —preguntó Jule un rato después—. ¿Decía en el archivo?

—Me lo imaginaba antes de leerlo, pero sí. Fue por sobredosis de metanfetaminas.

Jule recibió la respuesta. Se imaginó a su amiga como un bebé con el pañal mojado, arrastrándose por las sábanas sucias mientras su madre yacía a su lado, droga y abandonada. O muerta.

—Tengo dos marcas en el antebrazo derecho —dijo Immie—. Las tenía cuando llegué a Nueva York. Por lo que sé, siempre las he tenido. Nunca pensé en preguntar, pero la enfermera de Vassar me dijo que eran quemaduras, como de cigarro.

Jule no sabía qué decir. Quería arreglar los problemas de la Immie bebé, pero Patti y Gil Sokoloff lo habían hecho hacía ya bastante tiempo.

—Mis papás también están muertos —dijo, por fin. Era la primera vez que lo decía en voz alta, aunque Immie ya sabía que era su tía la que la había criado.

—Me lo imaginaba —dijo Immie—, pero también imaginé que no querías hablar de eso.

—No quiero —dijo Jule—. Al menos, no todavía —se inclinó hacia delante, separándose de Imogen—. No sé cómo contarlo. No… —las palabras no le salían. No podía irse por las ramas como Immie para conocerse—. La historia no tendrá sentido.

Era cierto. Por aquel entonces, Jule sólo había comenzado a construir la historia original que contaría más tarde y no podía, bajo ningún concepto, decir nada más.

—Está bien —dijo Imogen.

Tomó la mochila y sacó una barrita de chocolate con leche. La desenvolvió por la mitad y cortó un trozo para Jule y otro para ella. Jule se apoyó sobre la roca y dejó que el chocolate se deshiciera en su boca mientras el sol le calentaba la cara. Immie ahuyentó a las pedigüeñas gaviotas, regañándolas.

Jule sintió entonces que conocía a Imogen por completo. Se entendían entre ellas del todo, y así sería siempre.

En ese momento, en el albergue juvenil, Jule cerraba *Nuestro amigo común*. Al comienzo de la historia, aparecía un cuerpo en el Támesis. No le gustaba leer cosas así: la descripción de un cadáver ahogado. Los días de Jule eran largos desde que había llegado la noticia de que Imogen Sokoloff se había suicidado en el mismo río. Había saltado desde el puente de Westminster con los bolsillos llenos de piedras, dejando una nota de suicidio en la panera.

Jule pensaba en Immie todos los días. A cada minuto. Se acordaba de la manera en la que Immie se tapaba la cara con las manos o con la capucha cuando se sentía vulnerable. El sonido de su voz chillona. Imogen se ponía anillos en los dedos. Tenía esas quemaduras de cigarros en el antebrazo y una cicatriz en una mano por culpa de un recipiente caliente de brownies de queso en crema. Picaba la cebolla rápido y con fuerza con un cuchillo enorme, algo que había aprendido a hacer gracias a un video de cocina. Olía a jazmín y a veces a café con leche y azúcar. Se echaba un spray con olor a limón en el pelo.

Imogen Sokoloff era una de esas chicas de la cuales los maestros no sacan su máximo potencial. De esas chicas que dejan los estudios y aun así tienen sus libros favoritos llenos de notitas. Immie se negaba a luchar por ser la mejor, o a trabajar por esa idea del éxito que tienen otras personas. Ella peleaba para librarse de los hombres que querían dominarla y de las mujeres que querían una atención exclusiva. Se negaba, una y otra vez, a darse por completo a una sola persona; prefería, en cambio, convertirse en un hogar para ella misma de acuerdo con sus propias normas, lo que se le daba muy bien. Había aceptado el dinero de sus padres, pero no el control de su identidad, y había aprovechado esa fortuna para reinventarse a sí misma, para descubrir otra manera de vivir. Era una especie particular de valentía, una que a veces se confunde con egoísmo o con vagancia. Era una de esas chicas que da la impresión de no ser más que una rubia de escuela particular, pero sería un grave error no ver más allá.

Ese día, cuando el hostal despertó y los mochileros comenzaron a deambular hacia el baño, Jule salió. Pasó el día como solía hacerlo, superándose a sí misma. Paseó por los pasillos del Museo Británico durante unas horas, aprendiéndose los nombres de los cuadros y tomando varias botellitas de coca light. Se paró en una librería durante una hora y se comprometió a aprenderse de memoria el mapa de México, y después memorizó el capítulo de un libro llamado *Gestión de la riqueza: Ocho principios básicos*.

Quería llamar a Paolo, pero no podía.

No podía contestar ninguna llamada que no fuera la única que estaba esperando.

El teléfono sonó cuando Jule salió del metro que había al lado del hostal. Era Patti Sokoloff. Jule vio el número de teléfono y habló con acento estadounidense.

Resultaba que Patti estaba en Londres.

Jule no se lo esperaba.

¿Podía quedar de verse para comer Jule mañana en el restaurante Ivy?

Por supuesto. Jule le dijo lo sorprendida que estaba por saber de Patti. Habían hablado varias veces después de la muerte de Immie, después de que Jule hubiera hablado con los policías y enviara las cosas del departamento de Immie en Londres, mientras Patti cuidaba de Gil en Nueva York. Pero todas aquellas conversaciones tan difíciles habían terminado hacía algunas semanas.

Patti solía ser muy habladora y parlanchina con ella, pero ese día estaba triste y su voz no tenía ese tono animoso de siempre.

—Tengo que contarte —dijo— que perdí a Gil.

Aquello fue un shock. Jule pensó en la cara grisácea e hinchada de Gil Sokoloff, y en los graciosos perritos que adoraba. Le caía muy bien. No sabía que se había muerto.

Patti le explicó que Gil se había muerto dos semanas antes por un fallo cardiaco. Todos esos años de diálisis renal y fue su corazón el que lo mató. O quizá, dijo Patti, debido al suicidio de Immie no había querido seguir viviendo.

Hablaron sobre la enfermedad de Gil durante un rato y sobre lo maravilloso que era, y también sobre Immie. Patti dijo que Jule había sido de gran ayuda, ocupándose de las cosas en Londres cuando los Sokoloffs no podían irse de Nueva York.

—Sé que es extraño que yo esté de viaje —dijo Patti—, pero después de todos estos años cuidando de Gil no puedo soportar estar sola en casa. Está llena de sus cosas, de las cosas de Immie. Iba a… —su voz se desvaneció, pero cuando empezó a hablar de nuevo lo hizo con fuerza y brillo—. Bueno, mi amiga Rebecca vive en Hampshire y me ofreció quedarme en su casa de invitados para descansar y recuperarme. Me dijo que tenía que venir. Algunos amigos son así: llevaba años sin hablar con Rebecca, pero en el momento en que me llamó, después de enterarse de lo de Immie y Gil, empezamos desde cero otra vez, sin rollos, con total sinceridad. Fuimos juntas a Greenbriar. Creo que los amigos del colegio tienen esos recuerdos, esas historias compartidas que los unen. Mírate con Immie: se juntaron de nuevo de una manera tan bonita después de separarse.

—Siento muchísimo lo de Gil —dijo Jule. Lo sentía de verdad.

—Estaba siempre enfermo. Tantas pastillas —Patti se detuvo, y al continuar sonó conmovida—: Creo que después de lo que le pasó a Immie, no le quedaron fuerzas. Él e Immie eran mis amores.

Entonces tomó impulso con la voz y recuperó el brillo.

—Bueno, volvamos al motivo por el que te llamé. Vendrás para cenar, ¿no?

—Dije que iría. Claro.

—En el Ivy, mañana a la una. Quiero agradecerte todo lo que hiciste por mí y por Gil después de que Immie muriera. Incluso tengo una sorpresa para ti —dijo Patti—, algo que seguramente nos anime a ambas, así que no llegues tarde.

Cuando terminó la conversación, Jule sostuvo el teléfono contra el pecho durante un rato.

El Ivy ocupaba por completo su esquina estrecha de Londres. Parecía hecho a la medida de su espacio. Dentro, las paredes estaban cubiertas con retratos y vitrinas de color. Olía a dinero: a cordero asado y a flores de invernadero. Jule llevaba un vestido ajustado y unos zapatos planos. Añadió labial rojo a su maquillaje de universitaria.

Vislumbró a Patti esperándola en una mesa, bebiendo agua en una copa de vino. La última vez que Jule la había visto, la madre de Immie era una mujer brillante. Era dermatóloga, cincuenta y tantos, esbelta, con barriguita. Su piel había tenido ese brillo húmedo y rosado, y su pelo había sido largo, teñido de café oscuro y rizado. Ahora, las raíces de su cabello eran grisáceas y lo tenía en capas. Tenía la boca hinchada y sin labial. Llevaba, como las mujeres del Upper East Side, pantalones negros ajustados y un suéter largo de cachemir, pero, en vez de tacones, llevaba tenis azul brillante. Jule apenas la reconoció. Patti se levantó y sonrió a Jule mientras cruzaba la sala.

—Estoy distinta, lo sé.

—No, cómo eres —mintió Jule. Besó la mejilla de Patti.

—No puedo hacerlo más —dijo Patti—. Todo ese tiempo enfrente del espejo por las mañanas, con esos zapatos incómodos, maquillándome.

Jule se sentó.

—Solía maquillarme para Gil —continuó Patti—. Y para Immie, cuando era pequeña. Solía decirme: "Mami, ¡enchínate el pelo! ¡Ponte brillo!". Ahora, no hay motivo. Me ausenté del trabajo. Un día pensé: "No tengo que molestarme". Salí de la puerta sin hacer nada y fue un alivio, no sé.

Pero sé que inquieta a la gente. Mis amigos se preocupan, pero pienso: "Bah, perdí a Imogen, perdí a Gil: ésta soy yo ahora".

Jule deseaba decirle algo adecuado, pero no sabía si necesitaba simpatía o distracción.

—Leí un libro sobre eso en la universidad —dijo.

—¿Sobre qué?

—Sobre la presentación de uno mismo en la vida diaria. Un tal Goffman, tenía la idea de que, en situaciones diferentes, actúas de manera distinta. Tu personalidad no es estática, es una adaptación.

—¿Quieres decir que he dejado de actuar por mí misma?

—O que lo estás haciendo de otro modo ahora. Hay diferentes versiones de uno mismo.

Patti tomó el menú y después alcanzó la mano de Jule y la acarició.

—Tienes que volver a la universidad, cariño mío. Eres muy inteligente.

—Gracias.

Patti miró a Jule a los ojos.

—Soy muy intuitiva con las personas, ya lo sabes —dijo—, y tú tienes mucho potencial. Eres ansiosa y aventurera. Espero que sepas que podrías ser lo que quisieras en este mundo.

Llegó el mesero y apuntó la orden de bebidas. Otro puso una cesta de pan.

—Te traje los anillos de Imogen —dijo Jule, cuando se terminó el bullicio—. Debería haberlos enviado antes, pero...

—Lo entiendo —dijo Patti—. Era complicado soltarlos.

Jule asintió. Le acercó un paquete de papel de China y Patti despegó la cinta adhesiva. Dentro del paquete había ocho anillos antiguos, todos tallados con forma de animales.

Immie los coleccionaba. Eran graciosos y extraños, tallados con detalle, todos de un estilo diferente. Jule aún llevaba el noveno; Immie se lo había dado. Era una serpiente de jade que llevaba en el dedo anular de la mano derecha.

Patti comenzó a llorar en silencio sobre su pañuelo.

Jule miró la colección. Cada uno de esos anillos había estado en los frágiles dedos de Immie en un momento u otro. Immie había estado, bronceada, en aquella joyería de Vineyard.

—Quiero ver el anillo más extraño que tengas a la venta —le dijo al dependiente.

Y más tarde.

—Esto es para ti.

Le había dado a Jule el anillo de serpiente y Jule nunca se lo quitaría, aunque ya no lo mereciera. Quizá nunca lo hubiera merecido.

Jule se atragantó: un sentimiento que llegaba desde lo más profundo del estómago y se extendía hasta la garganta.

—Discúlpame.

Se levantó y fue tambaleándose hasta el baño de mujeres. El restaurante daba vueltas frente a ella. Veía oscuro a su alrededor. Agarró el respaldo de una silla vacía para mantener el equilibrio.

Se iba a poner enferma, o a desmayarse, o ambas cosas. Ahí en el Ivy, rodeada de personas impolutas, donde no merecía estar, avergonzando a la pobre pobre madre de una amiga a quien no había querido lo suficiente, o a quien había querido demasiado.

Jule alcanzó el baño y se inclinó hacia el lavabo.

Las arcadas no paraban. Su garganta se contraía una y otra vez.

Se encerró en uno de los baños, apoyándose sobre la pared. Le temblaban los hombros. Intentó vomitar, pero no pudo.

Se quedó allí hasta que las arcadas disminuyeron, temblando e intentando recuperar el aliento.

De vuelta al lavabo, se secó la cara mojada con una servilleta de papel. Se tocó los ojos hinchados con los dedos mojados.

Llevaba el labial rojo en el bolsillo del vestido. Jule se lo volvió a poner, como si fuera un escudo, y salió a ver a Patti.

Cuando Jule volvió a la mesa, Patti se había tranquilizado y estaba hablando con el mesero.

—Empezaré con el betabel —le dijo, mientras Jule se sentaba—, y después pez espada, creo. ¿Está bueno el pez espada? Sí, quiero eso.

Jule pidió una hamburguesa y una ensalada.

Cuando se fue el mesero, Patti se disculpó.

—Lo siento, lo siento mucho. ¿Estás bien?

—Claro.

—Te lo aviso, puedo volver a llorar dentro de un rato. ¡Posiblemente en la calle! Hoy en día, nunca se sabe. Soy propensa a llorar en cualquier momento.

Los anillos y el pañuelo ya no estaban en la mesa.

—Escucha, Jule —dijo Patti—, tú me dijiste una vez que tus papás te habían fallado. ¿Te acuerdas?

Jule no se acordaba. Nunca había vuelto a pensar en sus padres, para nada, a menos que fuera bajo el prisma del origen de la heroína que se había creado para ella misma. Nunca jamás pensaba en su tía.

En ese momento, la historia original centelleaba en su mente: sus padres en el jardín principal de una casita preciosa al final de un callejón, en aquel pueblecito de Alabama. Tumbados boca abajo sobre charcos de sangre oscura que se había filtrado en el pasto, alumbrados por una única farol. Su madre tiene un disparo en la cabeza. Su padre sangra debido a los agujeros de bala de sus brazos.

Le parecía una historia reconfortante. Era hermoso. Sus padres habían sido valientes. La niña crecería con una educación muy buena y extremadamente fuerte.

Pero ella sabía que no era una historia que pudiera compartir con Patti. En vez de eso, dijo suavemente:

—¿Dije eso?

—Sí, y cuando lo hiciste, pensé que quizá yo también le había fallado a Imogen. Gil y yo apenas hablábamos sobre su adopción cuando era pequeña. Ni delante de ella ni en privado. Quería pensar en Immie como MI bebé, ¿sabes? De nadie más, sólo mía y de Gil. Y era difícil hablar de eso, porque su madre biológica era una adicta y no había familiares que pudieran cuidar del bebé. Me convencí a mí misma de que la estaba protegiendo del daño. No tenía ni idea de cuánto le estaba fallando hasta que ella… —la voz de Patti se quebró.

—Imogen te quería —dijo Jule.

—Había algo que le desesperaba y no me pidió ayuda.

—A mí tampoco.

—Debería haberla educado de modo que pudiera abrirse a la gente, que pudiera pedir ayuda si tenía problemas.

—Immie me contaba todo —dijo Jule—: sus secretos, sus inseguridades, cómo quería vivir la vida. Me dijo su nombre de nacimiento. Llevábamos la ropa de la otra y leíamos los libros de cada una. Sinceramente, estaba muy cerca de Immie cuando murió, y creo que tuvo muchísima suerte de tenerte.

Los ojos de Patti se humedecieron y tocó la mano de Jule.

—Fue muy afortunada por tenerte a ti también. Lo pensé cuando se juntó contigo por primera vez en el primer año en Greenbriar. Sé que te adoraba más que a cualquiera, Jule, porque…, bueno, por eso quería verte. Nuestro abogado familiar me dice que Immie te dejó su dinero.

Jule se mareó. Soltó el tenedor.

El dinero de Immie. Millones.

Eso significaba seguridad y poder. Significaba boletos de avión y llaves de coches, pero, lo más importante, significaba pagos de colegiatura, comida en la despensa, atención médica. Significaba que nadie le podría decir que no. Nadie le podría impedir nada nunca más y nadie podría hacerle daño. Jule no volvería a necesitar nunca ayuda de nadie.

—No entiendo de finanzas —continuó Patti—. Debería, lo sé, pero confiaba en Gil y me alegraba que se ocupara de todo eso. Me aburría hasta la saciedad, pero Immie entendía y dejó un testamento. Se lo mandó al abogado antes de morir. Tenía mucho dinero de su padre y de mí una vez que cumplió los dieciocho. Estuvo en un fondo hasta entonces y, después de su cumpleaños, Gil hizo el papeleo para pasárselo.

—¿Ya tenía el dinero cuando estaba en la prepa?

—En mayo, antes de empezar la universidad. Quizá fue un error. De todos modos, está hecho —siguió Patti—. Se le daban bien las finanzas. Vivió de los intereses y nunca tocó el capital, excepto para comprar el departamento en Londres. Por eso no tenía que trabajar. Y en su testamento, te dejó todo a ti. Hizo pequeñas donaciones a la Fundación Nacional del Riñón, por la enfermedad de Gil, y a la Liga Animal de la Costa Norte, pero hizo un testamento y te dejó a ti la mayor parte del dinero. Le mandó un email al abogado en el que especificaba que quería ayudarte a volver a la universidad.

Jule estaba emocionada. No tenía sentido, pero así estaba.

Patti sonrió.

—Dejó este mundo devolviéndote a la universidad. Ésta es la parte buena que trato de ver.

—¿Cuándo escribió el testamento?

—Unos meses antes de que muriera. Lo certificó en San Francisco. Sólo hay que firmar unas pocas cosas —Patti puso un sobre sobre la mesa—. Te transferirán el dinero directamente a tu cuenta y en septiembre serás una estudiante de segundo año en Stanford.

Cuando llegó el dinero a su banco, Jule retiró todo y abrió una nueva cuenta en otro lugar. Había abierto varias cuentas corrientes nuevas y domiciliado las facturas para que se pagaran de manera automática cada mes.

Después se fue de compras. Se compró pestañas postizas, base de maquillaje, delineador, rubor, polvos, tres labiales distintos, dos sombras y un estuche de maquillaje, pequeño pero caro. Una peluca roja, un vestido negro y un par de tacones. Hubiera estado bien comprar más, pero tenía que viajar con poco equipaje.

Usó la computadora para comprar un boleto de avión a Los Ángeles, reservó un hotel allí y buscó vendedores de coches usados en la zona de Las Vegas. De Londres a Los Ángeles, de Los Ángeles en autobús hasta Las Vegas, desde las Vegas en coche a México. Ése era el plan.

Jule revisó los documentos que tenía en la laptop. Se aseguró de que sabía todos los números del banco, del servicio al cliente, las contraseñas, de la tarjeta de crédito, y los códigos. Memorizó el pasaporte y la licencia de conducir. Después, una noche, ya tarde, tiró la laptop y el teléfono al Támesis.

De vuelta al albergue, escribió una sincera carta de agradecimiento a Patti Sokoloff en una tarjeta postal de las antiguas y se la envió. Vació el locker e hizo la maleta. Su identificación y los papeles estaban cuidadosamente organizados. Se aseguró de poner todas sus cremas y productos del pelo en botecitos de viaje dentro de bolsas de plástico herméticas.

Jule nunca había estado en Las Vegas. Se cambió de ropa en el baño de la estación de autobuses. El área del lavabo estaba ocupada por una mujer blanca de cincuenta y tantos con un carrito de abuela. Estaba sentada sobre la barra y comía un sándwich envuelto en una servilleta llena de grasa. Llevaba unos leggins oscuros, sucios y apretados. Tenía el pelo alborotado, canoso y rubio, apelmazado. Los zapatos estaban en el suelo, unos tacones de aguja de plástico rosa pálido. Sus pies descalzos, con curitas en los talones, se balanceaban.

Jule entró en el cuarto más grande y rebuscó en la maleta. Se puso unos aretes de aro por primera vez en casi un año. Se contoneó dentro del vestido que había comprado, corto y negro, a juego con unas plataformas de cuero. Sacó la peluca roja. Tenía un brillo poco natural, pero el color le quedaba bien con las pecas. Jule sacó el estuche de maquillaje, cerró la maleta y salió al lavabo.

La mujer que estaba sentada sobre la barra no se dio cuenta del cambio de color del pelo. Arrugó el papel del sándwich y se encendió un cigarro.

Las habilidades para maquillarse de Jule le venían de ver tutoriales en internet. Durante la mayor parte del último año, se había maquillado como pensaba que se maquillaban las universitarias: piel natural, brillo, labial transparente, rímel. Ahora llevaba pestañas postizas, sombra verde, delineador negro, base, brochas para contorno, lápiz de cejas y gloss coral.

En realidad no le hacía falta. No necesitaba los cosméticos, el vestido o los zapatos; con la peluca ya era suficiente. Aun así, la transformación le valía como práctica, así es como lo veía. Y le gustaba convertirse en otra persona.

La otra mujer empezó a hablarle mientras Jule se retocaba los ojos.

—¿Eres una chica de la calle?

Jule contestó, por pura diversión, con acento escocés.

—No.

—Me refiero a que si te has puesto a la venta.

—No.

—No te vendas. Ustedes, las chicas… Es tan triste.

—No lo hago.

—Es una pena, es lo único que digo.

Jule se calló. Se puso iluminador en las mejillas.

—Yo lo hice —continuó la mujer. Se bajó de la barra y se calzó los pies lastimados—. Sin familia y sin dinero, así es como empecé. Y no ha cambiado nada. Pero no hay ascenso, ni siquiera con tipos forrados de dinero. Deberías saberlo.

Jule se encogió de hombros, se puso la chamarra verde y agarró la maleta.

—No te preocupes por mí. En serio, estoy bien.

Arrastró la maleta tras ella y se encaminó hacia la puerta, pero se tambaleó ligeramente debido a los zapatos, a los que no estaba acostumbrada.

—¿Estás bien? —preguntó la mujer.

—Ah, sí.

—A veces es difícil ser mujer.

—Sí, es una mierda, excepto por el maquillaje —dijo Jule. Empujó la puerta sin mirar atrás.

Con el equipaje guardado en un locker de la estación de autobús, Jule agarró una bolsa y tomó un taxi hasta el Strip de Las Vegas. Estaba cansada, no había podido dormir en el viaje en autobús, y todavía tenía el horario de Londres.

El casino estaba alumbrado con luces de neón, candelabros y el brillo de las máquinas tragamonedas. Jule pasó por delante de hombres con sudaderas, pensionistas, chicas de fiesta y un grupo grande de bibliotecarios con identificaciones para conferencias. Le llevó dos horas ir de un lugar a otro, pero finalmente pudo encontrar lo que estaba buscando.

Había un grupo de mujeres alrededor de una fila de tragamonedas de Batman pasándola, al parecer, muy bien. Bebían unos smoothies morados medio derretidos. Una pareja parecía estadounidense de origen asiático y la otra era blanca. Estaban en una fiesta de despedida y la novia era perfecta, justo lo que Jule necesitaba. Era pálida y pequeña, con hombros fuertes y pecas abundantes. No podía tener más de veintitrés años. Llevaba el pelo atado en una cola de caballo, un minivestido rosa y una banda blanca con lentejuelas en la que decía: "FUTURA ESPOSA". Tenía colgado del hombro izquierdo una bolsita de color turquesa con varios cierres. Se echó hacia delante mientras sus amigas jugaban a las máquinas, aplaudiendo, dejándose querer por todos los que estaban a su alrededor.

Jule se encaminó hacia el grupo y, usando un acento sureño, como en Alabama, dijo:

—Perdonen, ¿alguna de ustedes…? Bueno, mi teléfono se quedó sin batería y tengo que escribirle a mi amiga. La última vez que la vi fue en el restaurante de sushi, pero después me fui a jugar y ahora, ups, han pasado tres horas y no aparece.

Las solteras se dieron la vuelta.

Jule sonrió.

—Ah, ¿están en una fiesta de despedida?

—¡Se casa el sábado! —gritó una de ellas, agarrando a la novia.

—¡Felicidades! —dijo Jule—. ¿Cómo te llamas?

—Shanna —dijo la novia. Eran de la misma altura, pero Shanna llevaba flats, así que Jule le sacaba unos centímetros.

—Shanna Dixie, ¡pronto será Shanna McFetridge! —gritó una de las amigas.

—Wow —dijo Jule—. ¿Tienes vestido?

—Claro que sí —dijo Shanna.

—La boda no va a ser en Las Vegas —dijo otra soltera—. Es en una iglesia.

—¿De dónde son? —preguntó Jule.

—De Tacoma. En Washington. ¿Lo conoces? Vinimos a Las Vegas para…

—Es que organizaron todo un fin de semana para mí —dijo Shanna—. Aterrizamos esta mañana y fuimos al spa y al salón de uñas. ¿Ya viste? Me las puse de gel. Después vinimos al casino y mañana vamos a ver tigres blancos.

—¿Y cuál es tu vestido? O sea el de la boda.

Shanna agarró el brazo de Jule.

—Es para morirse. Me siento como una princesa. Es tan bonito.

—¿Puedo verlo? ¿En tu teléfono? Seguro tienes alguna foto —Jule se puso la mano en la boca y agachó ligeramente la cabeza—. Tengo algo con los vestidos de novia, ¿sabes? Desde que era pequeña.

—Pues claro que tengo una foto —dijo Shanna.

Abrió la bolsa y sacó un teléfono con funda dorada. El forro de la bolsa era rosa. Dentro había una cartera de cuero café oscuro, dos tampones envueltos en plástico, un paquete de chicles y un labial.

—Déjame verla —dijo Jule, y se acercó para ver el teléfono de Shanna.

Shanna fue pasando las fotografías: un perro, la parte inferior oxidada de un lavabo, un bebé, el mismo bebé de nuevo.

—Es mi niño, Declan. Tiene dieciocho meses.

Algunos árboles en un lago.

—Aquí está.

El vestido era largo y sin tirantes, con dobleces de tela en la parte de las caderas. En la foto, Shanna posaba en una tienda de novias llena de otros vestidos blancos.

Jule se sorprendió y se mostró asombrada.

—¿Puedo ver a tu prometido?

—Claro. Fue increíble cuando me lo propuso —dijo Shanna—. Metió el anillo en una dona. Está en la facultad de derecho. No tendré que trabajar, a menos que quiera hacerlo —continuó. No dejaba de hablar. Sujetó el teléfono para enseñar al afortunado, que sonreía en unas laderas.

—Muy guapo —dijo Jule. Metió la mano en la bolsa de Shanna. Agarró la cartera y la deslizó en su bolsa—. Mi novio, Paolo, está de mochilero por el mundo —continuó—. Está en Filipinas ahora mismo. ¿Puedes creerlo? Así que estoy en Las Vegas con mi amiga. Debería estar con un chico que quiera sentar cabeza y no irse de mochilero por el mundo, ¿no? Si es que pretendo casarme.

—Si es lo que quieres —dijo Shanna—, puedes tenerlo, sin duda. Puedes lograr cualquier cosa que te propongas. Rezas y lo visualizas.

—Visualización —dijo una de las damas de honor—. Fuimos a un curso de eso. Funciona de verdad.

—Escuchen —dijo Jule—. El motivo por el que había venido a hablar con todas ustedes era usar un teléfono. ¿Puedo? El mío se murió. ¿Se podrá?

Shanna le tendió su teléfono y Jule escribió a un número cualquiera: "Quedamos a las 10:15 en la pastelería". Le dio el teléfono a Shanna.

—Gracias. Vas a ser la novia más bonita.

—Lo mismo te digo, cariño —dijo Shanna—. Algún día, pronto.

Las chicas la despidieron con la mano. Ella les devolvió el saludo y atravesó la fila de tragamonedas hasta los elevadores.

Tan pronto como la puerta del ascensor se hubo cerrado y Jule se quedó sola, se quitó la peluca, se quitó también los tacones y sacó unos pantalones y unos tenis Vans de la bolsa. Se subió los pantalones por encima del vestido corto blanco y se puso los Vans. Metió la peluca y los tacones en la bolsa. Corrió el cierre y se abrieron las puertas en el décimo piso del hotel.

Jule no salió. Cuando bajó el elevador, se limpió el maquillaje y se quitó las pestañas postizas y el gloss. Entonces abrió la cartera de Shanna, sacó la licencia de conducir y tiró la cartera al suelo.

Cuando las puertas se abrieron, Jule ya era otra persona.

Pasados cuatro casinos, Jule echó un vistazo a seis restaurantes hasta que encontró un sitio donde pedir un café y coquetear con un estudiante solitario que acababa de empezar a trabajar en el turno de noche. El lugar era una réplica de una cafetería de los cincuenta. La mesera era una mujer pequeña con pecas y rizos suaves y castaños. Llevaba un vestido de lunares y un delantal de ama de casa con holanes. De pronto irrumpió un grupo de borrachos hablando sobre cervezas y hamburguesas, así que Jule dejó algo de dinero en el mostrador y se coló en la cocina. Agarró la mochila más femenina de entre una fila de percheros y se fue por la salida trasera del pasillo de los trabajadores del casino. Atravesó corriendo el lugar y salió a un callejón, donde se colgó la mochila al hombro y se mezcló con un grupo de gente que hacía fila para un espectáculo de magia.

Unas calles más abajo rebuscó en la mochila. En el bolsillo con cierre había un pasaporte. En él aparecía el nombre de Adelaide Belle Perry, veintiún años.

Había tenido suerte. Jule había dado por hecho que tendría que trabajar durante una larga temporada antes de conseguir un pasaporte. Aun así, lo sentía por Adelaide, por lo que, después de agarrar el pasaporte, dejó la mochila en una oficina de objetos perdidos.

De vuelta al Strip, encontró una tienda de pelucas y dos tiendas de ropa. Compró lo necesario y, por la mañana, fue a dos casinos más. Con una peluca rubia y ondulada y con los labios naranja le quitó la licencia a un jardinero del Dakota, de metro y medio. Con una peluca negra y una chamarra dorada se robó el pasaporte de Dorothea von Schnell de Alemania, metro sesenta.

A las ocho de la mañana, Jule había vuelto a los pants y a los Vans y se había limpiado la cara. Tomó un taxi hasta el hotel Río y subió en elevador hasta la azotea. Había leído sobre el VooDoo Lounge, a cincuenta y un pisos del suelo.

Cuando termina una batalla, cuando ha sobrevivido para luchar otro día más, el gran héroe blanco de acción se va a algún lugar alto de la ciudad, a algún sitio con vistas. Iron Man, Spider-Man, Batman, Lobezno, Jason Bourne, James Bond… Todos lo hacen. El héroe contempla la hermosa pero triste ciudad bajo el brillo de los faroles. Piensa en su misión especial, en sus talentos únicos, en su fuerza, en su extraña y violenta vida y en todos los sacrificios que hace para poder vivirla.

A primera hora de la mañana, el VooDoo Lounge no era más que una extensión de cemento llena de sofás. Las sillas tenían forma de manos gigantescas. Había una escalera curvada por encima del techo. Los clientes podían subir para disfrutar de una vista mejor de Las Vegas. Había un par de jaulas para bailarinas, pero no había nadie en el salón excepto un conserje. Levantó las cejas al ver entrar a Jule:

—Sólo quería echar un vistazo —le dijo Jule—. Soy inofensiva, lo prometo.

—Claro que sí —dijo—. Entra. Estoy limpiando.

Jule llegó al final de la escalera y contempló la ciudad. Pensó en todas las vidas que transcurrían ahí abajo. La gente compraba pasta de dientes, discutía, llevaba huevos de camino a casa del trabajo. Vivían sus vidas rodeados de aquel brillo y luces de neón asumiendo, felices, que esas mujeres pequeñas y bonitas eran inofensivas.

Tres años antes, Julietta West Williams tenía quince. Había ido a un salón de maquinitas, uno grande, con aire acondicionado, nuevo y reluciente. Estaba acumulando puntos en un juego de guerra. Estaba concentrada en disparar cuando dos chicos que conocía de la escuela aparecieron por detrás y le apretaron los pechos. Uno cada uno.

Julietta, de inmediato, le dio un codazo a uno en el estómago, se dio la vuelta y pisó al otro con fuerza en el pie. Después le dio un rodillazo en la ingle.

Aquella fue la primera vez que golpeó a alguien fuera de las clases de artes marciales, la primera vez que lo había necesitado.

De acuerdo, no lo había necesitado: había querido hacerlo. Lo disfrutó.

Cuando el chico se agachó, tosiendo, Jule se dio la vuelta y golpeó al primero en la cara con la palma de la mano. La cabeza se le fue a un lado y ella lo agarró de la camiseta y le gritó en su sucio oído:

—¡No soy tuya, no me toques!

Quería ver el miedo en la cara de ese chico y a su amigo, doblarse del dolor en una banca cercana. Aquellos chicos eran dos fanfarrones del colegio, no le tenían miedo a nada.

Un chico con la cara llena de granos que trabajaba en las maquinitas se acercó y tomó a Julietta del brazo:

—No se puede pelear aquí, señorita. Me temo que tiene que irse.

—¿Me estás agarrando el brazo? —le preguntó—. Porque no quiero que me agarres el brazo.

Lo soltó rápidamente.

Le tenía miedo.

Medía quince centímetros más que ella y era, al menos, tres años mayor. Era un adulto y le tenía miedo.

La hizo sentir bien.

Julietta se fue de las maquinitas. No le preocupaba que los chicos pudieran seguirla. Sentía que estaba en una película. No sabía que podía cuidar de ella misma de esa manera, ni que la fuerza que había estado entrenando en las clases y en la sala de pesas diera resultados. Se dio cuenta de que se había construido una armadura. Quizá eso era lo que pretendía hacer.

Parecía la misma, como cualquier persona, pero aquello cambió su visión del mundo. Ser una mujer físicamente poderosa significa algo: si no te pueden hacer daño, eres capaz de ir a cualquier sitio y hacer cualquier cosa.

Unos cuantos pisos más abajo, en el vestíbulo del hotel Río, Jule se encontró con una asistenta que empujaba un carro. Una propina de cuarenta dólares y tendría una habitación donde dormir hasta las tres y media. La hora de entrada era a las cuatro de la tarde.

Una noche más robando carteras y durmiendo de día y Jule ya estaba preparada para comprar un coche usado y discreto a un chico de muy mal aspecto en el estacionamiento. Pagó en efectivo. Recogió el equipaje en la estación de autobuses y escondió las identificaciones extras debajo del fieltro que forraba la puerta trasera.

Atravesó la frontera de México con el pasaporte de Adelaide Belle Perry.

16

Última semana de febrero, 2017
Londres

Tres meses antes de que Jule llegara a México, Forrest Smith-Martin se encontraba en el sofá de Jule, comiendo zanahorias pequeñas con sus dientes rectos y cuidados. Llevaba en su departamento de Londres cinco noches.

Forrest era el exnovio de Immie. Siempre se comportaba como si no creyera ni una palabra que saliera de la boca de Jule. Si ella decía que le gustaban los arándanos, elevaba las cejas como si lo dudara muchísimo. Si decía que Immie se había ido a París, le preguntaba con exactitud dónde se quedaba Immie. La hacía sentir como una mentirosa.

Pálido y delgado, Forrest pertenecía a esa categoría de hombres flacos a los que les incomoda que las mujeres tengan más músculos que ellos. Sus articulaciones estaban vagamente unidas y llevaba una pulsera de hilo en la muñeca izquierda que parecía bastante sucia. Había ido a Yale para estudiar Literatura universal. Le gustaba que la gente supiera que había ido a Yale, así que a menudo lo sacaba en la conversación. Llevaba armazones pequeños, se estaba dejando una barba que no terminaba de crecer y tenía la melena recogida en un moño alto. Tenía veintidós años y estaba trabajando en una novela.

En ese momento, leía un libro traducido del francés de Albert Camus, que él pronunciaba *Camú*. No sólo se sentaba, sino que se hundía en el sofá. Llevaba una sudadera y unos calzoncillos.

Forrest estaba en el suelo por la muerte de Immie. Había dicho que quería dormir en el sofá cama del estudio para estar cerca de las cosas de Imogen. Más de una vez, Jule lo había visto agarrando del clóset la ropa de Immie y oliéndola. En varias ocasiones, la colgaba de los marcos de las ventanas. Había encontrado los libros antiguos de Imogen, primeras ediciones de *La feria de las vanidades* y otras novelas victorianas, y los había apilado al lado de su cama, como si necesitara verlos antes de dormir. Después dejó la tapa del inodoro levantada.

Jule y él habían estado afrontando la muerte de Immie desde Londres. Gil y Patti estaban atrapados en Nueva York debido a la salud de Gil. Los Sokoloff se las habían arreglado para eliminar lo del suicidio de los periódicos. Dijeron que no querían mala propaganda y, de acuerdo con la policía, no hubo problema. Aunque no hubiera aparecido el cuerpo, nadie dudaba de lo que había pasado. Immie había dejado una nota en la panera.

Todo el mundo coincidía en que debía estar deprimida. "La gente salta sobre el Támesis constantemente", dijo la policía. Si una persona se pone peso encima antes de saltar, como Imogen había escrito que planeaba, es difícil afirmar cuánto puede tardarse en encontrar su cuerpo.

En ese momento, Jule estaba sentada al lado de Forrest y veían la televisión. Había un programa nocturno en la BBC. Los dos habían pasado el día recogiendo la cocina de Immie y metiendo sus cosas en cajas, como les había pedido Patti. Había sido un trabajo largo y duro.

—Esa chica se parece a Immie —dijo Forrest, señalando a una actriz en la pantalla.

Jule movió la cabeza.

—Claro que no.

—Sí —dijo Forrest—. Para mí, sí.

—Ni de cerca —dijo Jule—. Sólo tiene el pelo corto. La gente también piensa que yo me parezco a Immie de lejos.

La miró fijamente.

—No te pareces a ella, Jule —dijo—. Imogen era un millón de veces más guapa de lo que serás tú nunca.

Jule le lanzó una mirada asesina.

—No sabía que nos íbamos a pelear esta noche. Estoy un poco cansada, ¿podemos saltárnoslo o estás deseando de verdad que nos peleemos?

Forrest se inclinó hacia ella, cerrando el libro de Camus.

—¿Imogen te prestó dinero? —preguntó.

—No —contestó Jule, con sinceridad.

—¿Querías acostarte con ella?

—No.

—¿Te acostaste con ella?

—No.

—¿Tenía un novio nuevo?

—No.

—Hay algo que no me estás contando.

—Hay seiscientas cosas que no te estoy contando —dijo Jule—, porque soy una persona reservada y mi amiga

75

acaba de morir. Estoy triste e intento superarlo. ¿Te parece bien?

—No —dijo Forrest—. Necesito entender lo que pasó.

—Mira. La regla para que te quedes en este departamento es no preguntarle a Jule un millón de cosas sobre la vida privada de Immie o sobre la vida privada de Jule. Así podemos llevarnos bien. ¿De acuerdo?

—¿La regla de este departamento? —balbuceó Forrest—. ¿De qué estás hablando, qué regla de este departamento?

—Todo espacio tiene sus reglas. Lo que haces cuando llegas a un lugar nuevo es descubrirlas. Como cuando te invitan, aprendes los códigos de comportamiento y te adaptas. ¿Entiendes?

—Quizá eso es lo que TÚ haces.

—Eso es lo que hace TODO EL MUNDO. Averiguas el volumen de voz al que puedes hablar, cómo te puedes sentar, qué cosas puedes decir y qué cosas no. Se llama ser una persona en sociedad.

—Bah —Forrest cruzó las piernas muy despacio—. No soy tan falso. Sólo hago lo que está bien para mí. ¿Y sabes qué? Nunca ha sido un problema, hasta ahora.

—Porque tú eres tú.

—¿Qué quiere decir eso?

—Eres hombre. Vienes de una familia de dinero, eres blanco, tienes buena dentadura, te graduaste en Yale… La lista sigue.

—¿Y?

—Son los demás los que se adaptan a ti, imbécil. Crees que no hay adaptación, pero estás encabronadamente ciego, Forrest. Está a tu alrededor, todo el tiempo.

—Punto para ti —dijo—. Sale, en eso te doy la razón.

—Gracias.

—Pero si piensas en toda esa locura cada vez que se da una situación diferente, entonces tienes un problema, Jule.

—Mi amiga murió —le respondió—. Ése es mi problema.

Immie no le había contado secretos a Forrest. Se los había contado a Jule.

Jule se dio cuenta del porqué desde el principio, incluso antes de que Immie le contara a Jule su nombre de nacimiento y antes de que Brooke Lannon apareciera en la casa de Vineyard.

Era cuatro de julio, poco después de que Jule se mudara. Immie había encontrado una receta de masa de pizza para barbacoa y se entretenía con la levadura en la cocina. Había invitado a amigos, a gente del verano que había conocido unos días antes en un mercado. Pasaron y comieron. Todo iba bien, pero se querían ir pronto.

—Vámonos en coche hasta la ciudad para ver los fuegos artificiales —dijeron—. No deberíamos perdérnoslos. Rápido.

Jule sabía que Imogen odiaba las multitudes en sitios abarrotados. No podía ver por encima de las cabezas de las personas y siempre había mucho ruido.

A Forrest no parecía preocuparle. Se subió al coche con los colegas de verano, haciendo una parada antes sólo para tomar una bolsa de galletas de la despensa.

Jule se quedó atrás. Ella e Immie metieron los platos en el lavavajillas y se pusieron el traje de baño. Jule quitó la tapa del jacuzzi e Immie sacó vasos altos con refresco y limón.

Se sentaron en silencio durante un rato. La tarde se había enfriado y el vapor emergía del agua.

—¿Te gusta estar aquí? —preguntó Immie, finalmente—. ¿En mi casa? ¿Conmigo?

A Jule le gustaba y se lo dijo. Cuando Immie la miró, expectante, añadió:

—Todos los días hay tiempo para ver el cielo y para degustar lo que estoy comiendo. Hay tiempo para relajarse. No hay trabajo, ni expectativas, ni adultos.

—Nosotros somos los adultos —dijo Immie, reclinando la cabeza—. O eso creo, al menos. Tú, yo, Forrest, somos los putos adultos, y por eso sienta tan bien. ¡Ups!

Había tirado el vaso en el jacuzzi por accidente y se puso a perseguir las tres rodajas de limón hasta que logró agarrarlas.

—Es genial que te guste estar aquí —dijo Immie al pescar la última rodaja—, porque hay una parte de vivir con Forrest que es como estar sola. No sé explicarlo. Puede que sea porque está escribiendo una novela o porque es mayor que yo, pero esto es mejor contigo aquí.

—¿Cómo lo conociste?

—En Londres. Fui a un curso de verano con su primo y entonces un día, comprando un café en el Black Dog, lo reconocí de Instagram y empezamos a hablar. Llevaba aquí un mes trabajando en su libro. No conocía a nadie. Eso fue todo, básicamente —Immie arrastró los dedos por encima del agua—. ¿Y tú? ¿Estás viéndote con alguien?

—Tengo algunos novios en Stanford —dijo Jule—, pero aún están en California.

—¿Algunos novios?

—Tres novios.

—¡Tres novios es mucho, Jule!

Jule se encogió de hombros.

—No me podía decidir.

—La primera vez que fui a la facultad —dijo Immie—, Vivian Abromowitz me invitó a una fiesta de la Unión de Estudiantes de Color. Sí te he hablado de Vivian, ¿no? Bueno, su madre es estadounidense de origen chino y su padre es coreano y judío. Estaba empeñada en ir a esta fiesta porque alguien que le gustaba iba a estar allí. A mí me ponía un poco nerviosa ser la única persona blanca, pero salió bien. La parte rara fue que todo el mundo que estaba allí era político y ambicioso. O sea, hablaban sobre manifestaciones, sobre listas de libros de filosofía y sobre películas del Renacimiento de Harlem. ¡En una fiesta! Yo estaba en plan de "¿Cuándo vamos a bailar?". Y la respuesta era nunca. ¿Las fiestas eran así en Stanford? ¿Sin cerveza y con la gente en pose intelectual?

—Stanford tiene hermandades.

—Bueno, puede que no entonces. De todos modos, este chico alto y negro con rastas, muy guapo, estaba en el rollo de "¿Has ido a Greenbriar y no has leído a James Baldwin? ¿Y a Toni Morrison? Deberías leer a Ta-Nahesi Coates". Y le dije: "¿Hola? Acabo de entrar en la universidad, ¡aún no he leído a nadie!". Vivian estaba a mi lado y dijo: "Brooke me acaba de escribir y hay otra fiesta con un DJ, y el equipo de rugby está allí. ¿Y si vamos". Yo quería ir a una fiesta donde pudiera bailar, así que nos fuimos —Immie metió la cabeza debajo del agua del jacuzzi y salió de nuevo.

—¿Qué pasó con el tipo altivo?

Immie se rio.

—Isaac Tupperman. Es por él por quien te cuento esta historia. Salí con él durante casi dos meses. Por eso me acuerdo del nombre de sus escritores favoritos.

—¿Fue tu novio?

—Sí. Me escribía poemas y me los dejaba en la bicicleta. Venía por la noche, como a las dos de la mañana, y me decía que me extrañaba. Pero la presión también estaba ahí. Creció en el Bronx y fue a Stuy y era…

—¿Qué es Stuy?

—Una escuela pública para niños inteligentes de Nueva York. Tenía muchas ideas sobre lo que yo debería ser, lo que yo debería estudiar, lo que debería preocuparme. Quería ser ese chico mayor fascinante que me iluminara. Y me halagaba, y en parte me asombraba, pero a veces era muy aburrido.

—Así que era como Forrest.

—¿Qué? No. Estaba feliz cuando conocí a Forrest porque era lo contrario a Isaac —dijo Immie, con decisión, como si lo pensara de verdad—. A Isaac le gustaba porque era ignorante y eso significaba que me podía enseñar, ¿sabes? Eso lo convertía en un hombre. Y sí, sabía un montón de cosas que yo nunca había estudiado o experimentado o lo que fuera, pero después, y ésa es la ironía, le molestaba mi ignorancia. Al final, después de que rompiera conmigo y que yo me quedara triste y afectada, vine a Vineyard, y un día pensé: "Vete a la chingada, señor Isaac. No soy tan tonta. Sé cosas sobre cosas que tú desprecias por insignificantes e inútiles". ¿Tiene sentido? O sea, no conozco "las cosas de Isaac". Y sé que las cosas de Isaac son importantes, pero durante todo el tiempo que pasé con él me sentí tonta y vacía. El hecho de que no pudiera entender su experiencia de vida unido a que tenía un año más que yo y que estaba muy metido en los estudios, la revista literaria, etcétera, todo eso significaba que él tenía que ser el adulto todo el rato. Yo lo miraba con los ojos bien abiertos y eso era lo que le gustaba de mí, y por eso me menospreciaba.

"Después pasó lo de esa semana en la que pensé que estaba embarazada —seguía Immie—. Jule, imagínate: adoptada y embarazada de un niño que creo que tengo que dar en adopción o abortar, cuyo padre es un chico que mis papás conocen de una vez y lo descartaron por ser, para ellos, un reventado, debido a su color de piel y a su corte de pelo. No tengo ni idea de qué hacer, así que paso toda la semana saltándome las clases y leyendo en internet historias de abortos de la gente. Entonces un día me baja la regla y le escribo a Isaac. Él deja lo que está haciendo, viene a mi habitación y rompe conmigo —Immie se cubrió la cara con las manos—. Nunca había estado tan asustada como esa semana —siguió—. Cuando pensé que tenía un bebé dentro de mí.

Aquella noche, cuando Forrest volvió de los fuegos artificiales, Imogen ya se había ido a la cama. Jule aún estaba despierta, viendo la televisión en el salón. Lo siguió mientras hurgaba en el refrigerador y encontraba una cerveza y sobras de chuletas de cerdo.

—¿Sabes cocinar? —le preguntó.

—Sé hervir tallarines y calentar salsa de tomate.

—Imogen es muy buena.

—Sí, es buena para nosotros, ¿verdad?

—Trabaja mucho en la cocina. Aprendió sola viendo videos y hojeando libros de cocina de la biblioteca.

—¿Sí? —dijo Forrest, con suavidad—. Oye, ¿queda algo de dulce? Necesito algo dulce para sobrevivir ahora mismo.

—Me lo comí —le dijo Jule.

—Afortunada —dijo—. Bueno, voy a trabajar en mi libro. El cerebro trabaja mejor por la noche.

Una noche, después de que Forrest llevara una semana con Jule en Londres, compró dos boletos para ver *Cuento de invierno* en la Royal Shakespeare Company. Había que hacerlo, tenían que salir del departamento.

Tomaron la Jubilee Line del metro hasta Central Line y después hasta St. Paul, y fueron caminando hacia el teatro. Estaba lloviendo. Como el espectáculo no empezaba hasta una hora después, buscaron un bar y pidieron *fish & chips*. Estaba oscuro y las paredes estaban llenas de espejos. Comieron allí.

Forrest habló mucho sobre libros. Jule le preguntó sobre el de Camus que había estado leyendo, *L'Etranger*. Le hizo explicar el argumento, que trataba un chico sin madre que mata a otro chico y entonces va a la cárcel.

—¿Es un misterio?

—No del todo —dijo Forrest—. Los misterios perpetúan el *statu quo*. Todo concluye al final y el orden se restaura. Pero el orden no existe, ¿verdad? Es una construcción artificial. Todo el género de la novela de misterio reafirma la hegemonía de las nociones occidentales de la causalidad. En *L'Etranger* sabes todo lo que ocurre desde el principio. No hay nada que descubrir porque la existencia humana no tiene, al final, ningún tipo de sentido.

—Oh, qué sexy te pones cuando dices palabras en francés —le dijo Jule, tomando una papa frita de su plato—. No.

Cuando les pasaron la cuenta, Forrest sacó su tarjeta de crédito.

—Yo invito, gracias a Gabe Martin.

—¿Tu padre?

—Sí, paga las facturas de esta pequeña —Forrest dio un golpecito a la tarjeta— hasta que cumpla veinticinco, para que pueda trabajar en la novela.

—Afortunado —Jule tomó la tarjeta. Memorizó el número: le dio la vuelta y se aprendió el código de la parte de atrás—. ¿Ni siquiera vas a ver la cuenta?

Forrest se rio y la agarró. La puso en la barra del bar.

—Bah. Va directo a Connecticut, pero intentaré ser consciente de mi privilegio y no darlo por supuesto.

Mientras caminaban hasta el Barbican Centre bajo la llovizna, Forrest colocó el paraguas encima de ambos. Compró un programa de esos que hay en los teatros de Londres que están llenos de fotografías y que te cuentan la historia de la producción. Se sentaron en la oscuridad.

Durante el intermedio, Jule se apoyó sobre una de las paredes de la entrada y miró a la gente. Forrest se fue al baño de hombres. Jule escuchó los acentos de los espectadores: de Londres, de Yorkshire, de Liverpool, de Boston, el estadounidense estándar, de California, de Sudáfrica, otra vez de Londres.

Mierda.

Paolo Vallarta-Bellstone estaba ahí.

Justo en ese momento. Al otro lado de la entrada.

Parecía radiante en medio de la multitud. Llevaba una camiseta roja debajo de una chamarra y usaba tenis. La parte inferior de los pantalones estaba desgastada. La madre de Paolo era filipina y su padre tenía mezcla americana y era blanco. Así es como los describía él. Tenía el pelo oscuro, más corto desde la última vez que lo había visto, y unas cejas elegantes. Mejillas marcadas, ojos castaños, labios suaves y rojos, casi carnosos, y dientes rectos. Paolo era de esos chicos que viajan por el mundo con nada más que una mochila, que hablan con extraños en carruseles y en museos de cera. Era un conversador sin pretensiones. Le gustaba la gente y siempre sacaba lo mejor de las personas. En ese momento, comía gomitas Swedish Fish de una bolsita amarilla.

Jule se dio la vuelta. No le gustaba lo feliz que se sentía. No le gustaba lo guapo que estaba.

No. No quería ver a Paolo Vallarta-Bellstone.

No podía verlo. Ni ahora ni nunca.

Se marchó rápidamente del vestíbulo y volvió al teatro. Las puertas dobles se cerraron a su paso. No había muchos espectadores allí, sólo los acomodadores y una pareja mayor que no había querido levantarse.

Tenía que irse lo más rápido posible, sin ver a Paolo. Tomó el abrigo. No esperaría a Forrest.

¿Había una salida lateral en algún sitio?

Corrió por el pasillo con el abrigo en el brazo… y ahí estaba. Delante de ella. Se detuvo; no había manera de huir de él.

Paolo levantó la bolsita de Swedish Fish.

—¡Imogen! —corrió lo que les separaba de pasillo y le besó la mejilla. Jule olió el azúcar de su aliento—. Me alegro muchísimo de verte.

—Hola —dijo ella, fríamente—. Pensaba que estabas en Tailandia.

—El plan se retrasó —dijo Paolo—. Lo pospusimos —dio un paso atrás para contemplarla—. Debes de ser la chica más guapa de Londres, wow.

—Gracias.

—Lo digo en serio. Mujer, no chica, lo siento. ¿Va la gente detrás de ti con la lengua afuera? ¿Cómo puedes estar más guapa que la última vez que te vi? Es increíble. Estoy hablando mucho porque estoy nervioso.

Jule sintió cómo se ruborizaba.

—Ven conmigo —dijo—. Te invito un té o un café, lo que quieras. Te extraño.

—Yo también te echo de menos —no quería decir eso, las palabras salieron y decían la verdad.

Paolo le tomó la mano, tocándole sólo los dedos. Siempre había sido un chico seguro. Aunque lo rechazara, él sabía que no era lo que quería hacer de verdad. Se confiaba demasiado y al mismo tiempo estaba seguro de sí mismo. La tocaba como si los dos tuvieran la suerte de acariciarse, como si supiera que ella no se dejaba acariciar normalmente por nadie. Dedos con dedos, guio a Jule de vuelta al vestíbulo.

—No te llamé sólo porque me dijiste que no lo hiciera —dijo Paolo, soltándole la mano mientras se ponían a la cola para el té—. Quería llamarte todo el tiempo, cada día. Miraba mi teléfono y no te llamaba porque no quería ser raro. Qué feliz me hace haberme topado contigo. Dios, estás preciosa.

A Jule le gustaba cómo se le veía la clavícula con esa camiseta y la manera en la que las muñecas se movían bajo la chamarra. Se mordía el labio inferior cuando se preocupaba. Su cara formaba una curva suave en contraste con sus pestañas negras. Quería que fuera lo primero que viera por las mañanas. Sentía que, si Paolo Vallarta-Bellstone fuera lo primero que viera por las mañanas, todo saldría bien.

—¿Sigues sin querer ir a casa a Nueva York? —preguntó.

—No quiero ir a casa nunca —dijo Jule. Como tantas otras cosas que le contaba, era verdad. Sus ojos se humedecieron.

—Yo tampoco quiero ir a casa —dijo. El padre de Paolo era un magnate inmobiliario que había sido imputado por tráfico de influencias hacía algunos meses. Había salido en las noticias—. Mi madre dejó a mi padre cuando descubrió lo que había estado haciendo. Ahora vive con su hermana y va a trabajar desde Nueva Jersey. Las cosas están manchadas con dinero y ahora están los abogados de divorcios, los abogados criminalistas y los mediadores. Uf.

—Lo siento.

—Es todo muy feo. El hermano de mi padre está siendo un auténtico racista con el divorcio. No creerías lo que sale de su boca. Y mi madre está llena de veneno, sinceramente. Tiene todo el derecho a estarlo, pero es un infierno hasta hablar con ella por teléfono. Sinceramente, no creo que haya nada a lo que volver.

—¿Qué vas a hacer?

—Viajar más. Mi amigo estará preparado para que nos vayamos en un par de semanas, y entonces nos iremos con la mochila por Tailandia, Camboya y Vietnam, tal y como teníamos planeado. Después a Hong Kong e iremos a ver a mi abuela a Filipinas —tomó la mano de Jule. Pasó el dedo suavemente por la palma de la mano—. No llevas los anillos —tenía las uñas pintadas de rosa claro.

—Sólo uno —Jule le enseñó la otra mano, la que tenía la serpiente de jade—. Todos los demás eran de una amiga, sólo me los había prestado.

—Pensaba que eran tuyos.

—No. Sí. No —suspiró Jule.

—¿Qué pasa?

—Mi amiga se suicidó hace poco. Discutimos y se murió enojada conmigo —Jule decía la verdad y mentía. Estar con

Paolo la confundía, sabía que no debía hablar más con él. Sabía las historias que se contaba a ella misma y las historias que contaba a los demás, cambiándolas, superponiéndolas. Esa noche no estaba segura de los nombres de las historias, de lo que quería decir y de lo que no.

Paolo le apretó la mano.

—Lo siento.

—Dime, ¿crees que una persona es igual de mala que sus peores acciones? —soltó Jule.

—¿Qué?

—¿Crees que una persona es igual de mala que sus peores acciones?

—¿Te refieres a que si tu amiga va a ir al infierno por haberse suicidado?

—No —eso no era para nada lo que Jule quería decir—. Me refiero a que si lo que nos define mientras estamos vivos son nuestros peores comportamientos, o si crees que los seres humanos son mejores que lo peor que hayan hecho nunca.

—Bueno, piensa en Leontes en *Cuento de invierno*. Intentó envenenar a su amigo, metió a su propia mujer en la cárcel y abandonó a su bebé en el desierto. Es lo peor, ¿no?

—Pero al final… ¿La habías visto antes de hoy?

—No.

—Al final, se arrepiente. Está muy muy arrepentido por todo y eso basta. Todo el mundo lo perdona. Shakespeare deja que Leontes se redima, aunque haya hecho todas esas maldades.

Jule quería contarle todo a Paolo.

Quería revelarle su pasado, lo bueno y lo malo, lo valiente y lo complejo. Se redimiría.

No podía hablar.

—Ah… —dijo Paolo, tomando la palabra—. No estamos hablando de la obra, ¿no?

Jule movió la cabeza.

—No estoy enojado contigo, Imogen —dijo Paolo—. Estoy loco por ti —se acercó y le acarició la mejilla. Después pasó la yema del pulgar por su labio inferior—. Estoy seguro de que tu amiga no sigue enojada contigo, pasara lo que pasara cuando vivía. Eres una persona excelente, de primera categoría, se nota.

Habían llegado al principio de la fila.

—Dos tazas de té —dijo Jule a la chica del mostrador. Sus ojos estaban humedecidos, aunque no lloraba. Tenía que dejar de ser tan sensible.

—Esto se parece a una conversación de cena —dijo Paolo. Pagó el té—. ¿Quieres ir a cenar después de la obra? ¿Unos bagels? Conozco un sitio que hace los verdaderos bagels neoyorquinos.

Jule sabía que debía contestar que no, pero asintió.

—Bagels, está bien. Así que a partir de ahora vamos a hablar de cosas alegres —dijo Paolo. Tomaron unos vasos de papel para las bebidas de una mesa en la que había leche y cucharitas—. Lo tomaré con dos de azúcar y mucha crema. ¿Cómo lo quieres tú?

—Con limón —dijo Jule—. Necesito cuatro rodajas de limón por té.

—Sale, cosas graciosas y alegres que nos distraigan —dijo Paolo al acercarse a una mesa—. ¿Quieres que hable de mí?

—No creo que nadie te pueda parar.

Se rio.

—Cuando tenía ocho años, me rompí el tobillo saltando desde el techo del coche de mi tío. Tenía un perro llamado

Twister y un hámster que se llamaba St. George. De niño quería ser detective. Una vez me puse malo comiendo demasiadas cerezas. Y no he salido con nadie desde que me pediste que no te llamara.

—Mentiroso —sonrió sin poder evitarlo.

—Ni una sola mujer. Esta noche estoy con Artie Thatcher.

—¿El amigo de tu padre?

—Con el que me estoy quedando. Me dijo que no vería Londres en serio hasta que viera la Royal Shakespeare Company. ¿Y tú?

Jule volvió a la realidad.

Estaba ahí con Forrest.

Había sido una tontería increíble permitir que Paolo la regara.

Se estaba yendo del teatro, pero entonces le había rozado la mejilla con los labios, le había tocado los dedos, había prestado atención a sus manos y había dicho: "Dios, es preciosa". Había dicho que quería llamarla todos los días.

Jule echaba muchísimo de menos a Paolo, pero Forrest estaba ahí. No podían verse. Paolo no podía bajo ningún concepto ver a Forrest.

—Escucha, tengo que...

Forrest apareció por detrás de su hombro. Estaba lánguido y flojo.

—Encontraste un amigo —le dijo a Jule. Lo dijo como si hablara con un cachorro.

Tenían que irse inmediatamente. Jule se levantó:

—No me siento bien —dijo—, estoy mareada, tengo náuseas. ¿Puedes llevarme a casa? —agarró a Forrest por la muñeca y lo llevó hasta las puertas de la entrada.

—Estabas bien hace un minuto —dijo, siguiéndola.

—Un placer verte —le gritó a Paolo—. Adiós.

Pretendía que Paolo se quedara sentado en la silla, pero se levantó y siguió a Jule y a Forrest hasta la puerta.

—Soy Paolo Vallarta-Bellstone —dijo sonriendo a Forrest mientras caminaban—. Soy amigo de Imogen.

—Tenemos que irnos —dijo Jule.

—Forrest Smith-Martin —respondió Forrest—. ¿Te enteraste, entonces?

—VÁMONOS —dijo Jule—. AHORA.

—¿Enterarme de qué? —dijo Paolo. Le seguía el paso mientras Jule empujaba a Forrest afuera.

—Lo siento, lo siento —dijo Jule—. No me encuentro nada bien. Pide un taxi, por favor.

Afuera llovía muchísimo. El Barbican Centre tenía varios pasillos largos que conducían a la calle. Jule arrastró a Forrest a la banqueta.

Paolo se detuvo debajo del techo del edificio, incapaz de mojarse.

Jule le hizo señas a un taxi negro, entró y le dio la dirección del departamento en St. John's Wood.

Después respiró profundamente y se tranquilizó. Decidió lo que le iba a contar a Forrest.

—Dejé la chamarra en el asiento —se quejó—. ¿Estás enferma?

—No, la verdad no.

—Entonces ¿qué pasa? ¿Por qué nos vamos a casa?

—Ese chico me estaba molestando.

—¿Paolo?

—Sí. Me llama todo el tiempo, un montón de veces al día. Mensajes, correos… Creo que me sigue.

—Tienes relaciones muy raras.

—No es una relación. No acepta un no por respuesta, por eso tuve que irme.

—Paolo no sé qué Bellstone, ¿no? —dijo Forrest—. ¿Así se llamaba?

—Sí.

—¿Es familiar de Stuart Bellstone?

—No lo sé.

—Pero ése era su apellido, ¿no? ¿Bellstone? —Forrest sacó el teléfono—. En Wikipedia dice… Sí, es el hijo de Stuart Bellstone, el del escándalo bancario D y G, bla, bla, bla, su hijo es Paolo Vallarta-Bellstone.

—Supongo —dijo Jule—. Pienso en él lo menos posible.

—Bellstone, qué tal —dijo Forrest—. ¿Lo conocía Imogen?

—Sí. No —estaba nerviosa.

—¿Qué pasa?

—Sus familias se conocían. Lo conocimos cuando llegó a Londres por primera vez.

—¿Y ahora te acosa?

—Sí.

—¿Y nunca se te ha ocurrido que quizá valga la pena mencionarle a la policía sobre este acosador para la investigación de la desaparición de Immie?

—No tiene nada que ver con nada.

—Podría. Hay muchas cosas que no cuadran.

—Immie se suicidó y no hay más —estalló Jule—. Estaba deprimida y ya no te quería y a mí tampoco me quería lo suficiente como para vivir. Deja de actuar como si pudiera haber ocurrido otra cosa.

Forrest se mordió el labio y continuaron el camino en silencio. Después de un minuto o dos, Jule lo miró y vio que estaba llorando.

Por la mañana, Forrest se había ido. No estaba en el sofá cama, la mochila no estaba en el clóset del pasillo y sus entrañables calzoncillos tampoco estaban tirados por la habitación. La computadora había desaparecido, al igual que sus novelas francesas. Había dejado los platos sucios en el fregadero.

Jule no lo echaría de menos. Nunca quiso volver a verlo, pero tampoco quería que se fuera sin decir por qué.

¿Qué le había dicho Paolo a Forrest la noche anterior? Sólo "soy amigo de Imogen", "¿enterado de qué?"… y su nombre. Eso era todo.

No había escuchado a Paolo llamar "Imogen" a Jule, ¿no?

No.

Puede.

No.

¿Por qué quería Forrest que investigaran a Paolo? ¿Pensaba que alguien había acosado y asesinado a Imogen? ¿Pensaba que Imogen había estado involucrada con Paolo? ¿Creía que Jule mentía?

Jule hizo las maletas y se fue a un albergue sobre el que había leído y que se encontraba al otro lado de la ciudad.

15

Tercera semana de febrero, 2017
Londres

Ocho días antes de que Jule se marchara al albergue, llamó al teléfono de Forrest desde el departamento de Londres. Le temblaban las manos. Se sentó en la mesa de la cocina, al lado de la panera, y dejó los pies colgando. Era muy pronto. Quería terminar con esa llamada.

—Hola, Jule —dijo—. ¿Regresó Imogen?

—No, no ha regresado.

—Ah —hizo una pausa—. Entonces ¿por qué me llamas? —podía palparse el desprecio en la voz de Forrest.

—Tengo malas noticias —dijo Jule—. Lo siento.

—¿Qué pasa?

—¿Dónde estás?

—En el quiosco, que es como llaman aquí, al parecer, a los puestos de periódicos.

—Deberías salir.

—Bueno —Jule espero mientras caminaba—. ¿Qué pasa? —preguntó Forrest.

—Encontré una nota, en el departamento. De Imogen.

—¿Qué tipo de nota?

—Estaba en la panera, voy a leerla —Jule sostuvo la nota en la mano. Se distinguían las letras altas y con curvas de la firma de Immie, sus frases típicas y sus palabras favoritas.

Hola, Jule:

Para cuando leas esto, me habré tomado una sobredosis de tranquilizantes y después habré llamado a un taxi con dirección al Puente de Westminster.

Llevaré piedras en los bolsillos, muchas piedras. Llevó recogiéndolas toda la semana. Y me ahogaré. El río me llevará y me sentiré algo aliviada.

Estoy segura de que te preguntas por qué. Es difícil responder: nada va bien, no me siento en casa en ningún lugar. Nunca me he sentido en casa. Nunca creo que lo haga.

Forrest no podría entenderlo; Brooke tampoco, pero tú... creo que tú sí. Conoces ese yo que nadie más puede amar, si es que hay un yo.

Immie

—Dios mío, Dios mío —repetía Forrest una y otra vez.

Jule pensó en la belleza del Puente de Westminster, con esos arcos de piedra y las barandillas verdes, y en el río, fuerte y frío, que fluía debajo de él. Pensó en el cuerpo de Immie, en la camiseta blanca flotando a su lado, boca abajo, en el agua, en una alberca de sangre. Podía sentir de verdad la pérdida de Imogen Sokoloff a la perfección, más de lo que la podría sentir Forrest jamás.

—Escribió la nota hace unos días —le dijo Jule a Forrest cuando se calmó—. Lleva desaparecida desde el miércoles.

—Dijiste que se había ido a París.

—Lo supuse.

—Puede que no saltara.

—Dejó una nota de suicidio.

—Pero ¿por qué? ¿Por qué lo haría?

—Nunca se ha sentido en casa, sabes que es verdad, lo dice en la nota —Jule tragó saliva y después dijo lo que sabía que Forrest quería escuchar—: ¿Qué crees que deberíamos hacer? No sé qué hacer, eres la primera persona a la que se lo he dicho.

—Voy para allá —dijo Forrest—. Llama a la policía.

Forrest llegó al departamento dos horas más tarde. Parecía demacrado y desarreglado. Tomó las maletas del hotel y anunció que se quedaría en el sofá del estudio hasta que las cosas se resolvieran. Jule podía quedarse en la habitación. Ninguno debería estar solo, dijo.

No lo quería allí. Estaba triste y vulnerable. Con Forrest prefería tener la armadura puesta. Aun así, era bueno en las crisis, lo reconocía. Se propuso escribir mensajes y llamar a la gente, y habló con todos con una gentileza extrema que Jule desconocía que tenía. Los Sokoloff, los amigos de Martha's Vineyard, los colegas de la universidad de Immie: Forrest se puso en contacto con todo el mundo personalmente, comprobándolo con precisión en una lista que había hecho.

Jule llamó a la policía de Londres. Llegaron, haciendo ruido, mientras Forrest hablaba con Patti por teléfono. Los policías tomaron la nota escrita a mano por Imogen y después les tomaron declaración a Jule y a Forrest.

Determinaron que no parecía que Immie se hubiera ido de viaje. Las maletas estaban en el armario, igual que su ropa. Encontraron la cartera y las tarjetas de crédito en una mochila. Sin embargo, la laptop, la licencia de conducir y el pasaporte habían desaparecido.

Forrest le preguntó a un oficial de policía si la nota de suicidio podía ser falsa.

—¿Es posible que un secuestrador quisiera desviar la atención —dijo— o que la obligaran a escribirla? ¿Existe la manera de averiguar si la obligaron a escribirla?

—Forrest, la nota estaba en la panera —le recordó Jule con suavidad—. Immie me la dejó en la panera.

—¿Por qué secuestrarían a la señorita Sokoloff? —preguntó el oficial.

—Dinero. Alguien podría tenerla secuestrada para pedir un rescate. Es extraño que no aparezca la computadora. O la podría haber asesinado el que le hizo escribir la nota.

Los oficiales escucharon las teorías de Forrest. Observaron que él era el mayor sospechoso: un exnovio que acababa de llegar a la ciudad buscando a Imogen. Pero también aclararon que no tenían sospecha de que se hubiera cometido un crimen de ningún tipo. Buscaron señales de lucha, pero no encontraron ninguna.

Forrest dijo que Imogen podría haber sido secuestrada fuera del departamento, pero los policías le recordaron la nota en la panera.

—La nota de suicidio lo deja claro —dijeron.

Preguntaron si ésa era la letra de Immie y Jule dijo que sí. Le preguntaron a Forrest, y respondió lo mismo, o que al menos lo parecía.

Jule les dio el número de teléfono británico de Imogen. Sólo tenía llamadas a museos locales y mensajes de sus padres, Forrest, Vivian Abromowitz y unos pocos amigos más que Jule pudo identificar. Los policías preguntaron por los registros bancarios de Immie y Jule les dio unos papeles impresos de la computadora desaparecida. Estaban en un cajón en el escritorio del salón.

Los oficiales les prometieron que iban a buscar el cuerpo de Imogen en el río, pero también les señalaron que, si el cuerpo se había sumergido con piedras, no saldría a la superficie con facilidad. Probablemente la corriente lo habría desplazado desde el Puente de Westminster.

Encontrarla podría llevarles días, o incluso semanas.

14

Finales de diciembre, 2016
Londres

Seis semanas antes, Jule llegaba a Londres por primera vez, el día después de Navidad. Tomó un taxi hasta el hotel que había reservado. Las libras eran demasiado grandes para que entraran en la cartera y el taxi era increíblemente caro, pero no le importó: tenía dinero.

El hotel era un edificio antiguo y oficial, remodelado en el interior. Había un señor con saco de cuadros sentado en un escritorio que llevaba un registro de las reservaciones y acompañó a Jule personalmente a su habitación. Charlaron mientras el portero le llevaba las cosas. Le encantaba su manera de hablar, como si hubiera salido de una novela de Dickens.

Las paredes de la suite tenían un tapiz de color blanco y negro y unas cortinas con brocados cubrían las ventanas. El baño tenía calefacción en el suelo, las toallas eran de color crema y con formas de cuadros pequeños y el jabón de lavanda estaba envuelto en papel café.

Jule pidió un filete al servicio de habitaciones. Cuando llegó, se lo comió y se tomó dos vasos grandes de agua. Después de eso, durmió unas dieciocho horas.

Cuando se despertó, estaba eufórica.

Era una ciudad nueva de un país extranjero, la ciudad de *La feria de las vanidades* y *Grandes esperanzas*. Era la ciudad de Immie, pero ahora se convertiría en la de Jule; al igual que los libros que le gustaban a Immie, ahora también eran parte de Jule.

Abrió las cortinas. Londres se extendía debajo de ella. Los autobuses rojos y los taxis negros se arrastraban por el tráfico de las calles estrechas. Pensó en todas las vidas que tenían lugar ahí abajo, en la gente que conducía por la izquierda, comía pan, bebía té, veía la tele.

Jule estaba despojada de culpa y de pena, como si hubiera mudado la piel. Se vio a sí misma como una vigilante solitaria, una superheroína en reposo, una espía. Era más valiente que cualquiera de ese hotel, más valiente que todo Londres, mucho más valiente que la gente normal.

De vuelta al verano en Martha's Vineyard, Immie había estado hablando con Jule sobre comprarse un departamento en Londres. Le dijo:

—Las llaves están justo aquí. Podríamos irnos mañana —y le dio una patada a la mochila.

Pero nunca lo volvió a mencionar.

En ese momento, Jule llamó al conserje del edificio que se encargaba del departamento y le dijo que Immie estaba en la ciudad. ¿Podía encargarse de la limpieza y airearlo? ¿Podía llevar algo de comida y flores frescas? Sí, él se encargaría de todo.

Una vez que estuvo listo el departamento, la llave de Immie entró con facilidad en la cerradura. El sitio era grande, tenía una habitación con un estudio en St. John's Wood, cerca de un montón de tiendas. Ocupaba el piso de arriba de una casa blanca de ciudad y tenía ventanas que daban a los árboles. Los clósets tenían toallas limpias y sábanas a rayas. Sólo había una tina, no había regadera. El refrigerador era pequeño y la cocina estaba vagamente amueblada. Immie había arreglado el departamento antes de que supiera cocinar, pero eso no importaba.

En junio, después de la graduación de la preparatoria, Jule ya sabía que Imogen había ido a un curso de verano en el extranjero en Londres. Mientras estuvo allí, había comprado el departamento con la recomendación de su asesor financiero. La venta había sido rápida e Immie y sus amigos habían comprado antigüedades en el mercado de Portobello Road y telas en Harrods. Immie había puesto en la puerta principal fotografías instantáneas de ese verano, unas cincuenta. En la mayoría salía ella y un grupo de gente, chicas y chicos, agarrados de los brazos, delante de sitios como la Torre de Londres o Madame Tussauds.

Jule ordenó las cosas en el departamento y después quitó las fotografías. Las tiró a la basura y bajó la bolsa al sótano.

Las semanas posteriores, Jule se compró una laptop nueva y quemó las otras dos en la incineradora. Fue a museos y restaurantes, comió filetes en sitios de ambiente tranquilo y hamburguesas en bares ruidosos. Era encantadora con los meseros. Charlaba con los libreros y se hacía pasar por Immie. Hablaba con turistas —temporales— y a veces cenaba con ellos o iban juntos al teatro. Se sentía como imaginaba que se sentiría Immie: bienvenida en todas partes. Seguía con sus ejercicios y sólo comía lo que le gustaba. Aparte de eso, vivía la vida de Imogen.

Al comienzo de la tercera semana en Londres, Jule fue a Madame Tussauds. El museo es una atracción conocida, llena de actores de Bollywood, miembros de la familia real y bandas famosas de chicos con hoyuelos, todos esculpidos en cera. El sitio estaba lleno de niños estadounidenses gritones y sus padres, peores que ellos.

Jule miraba la figura de cera de Charles Dickens, que estaba sentado, taciturno, en una silla de madera, cuando alguien se acercó a hablar con ella.

—Si estuviera vivo —dijo Paolo Vallarta-Bellstone— se habría afeitado esa calva.

—Si estuviera vivo —dijo Jule— sería guionista de televisión.

—¿Te acuerdas de mí? —preguntó—. Soy Paolo. Nos conocimos en verano en Martha's Vineyard —sonrió con timidez. Llevaba unos jeans desgastados y una camiseta naranja con unos tenis Vans viejos. Jule sabía que había estado viajando con la mochila—. Te cambiaste el pelo —añadió—. Al principio no estaba seguro de que fueras tú.

Estaba guapo. Jule había olvidado lo guapo que era. Lo había besado una vez. Tenía el pelo, grueso y oscuro, por la cara. Sus mejillas estaban ligeramente quemadas por el sol y los labios un poco agrietados. Puede que hubiera estado esquiando.

—Me acuerdo de ti —dijo—. Te cuesta elegir entre el dulce de azúcar y mantequilla y el chocolate caliente, te mareas en el carrusel, te gustaría ser médico. Ahora juegas al golf, lo que es bastante aburrido; viajas por el mundo, lo que es interesante; sigues a chicas por los museos y te acercas con sigilo cuando se paran a mirar la figura de cera de un novelista famoso.

—Sólo voy a darte las gracias —dijo Paolo—, aunque hayas sido tan mala con lo del golf. Me alegra que te acuerdes de mí. ¿Lo has leído? —señaló a Dickens—. Se supone que yo tenía que hacerlo en la escuela, pero me lo brinqué.

—Sí.

—¿Cuál es el mejor, en tu opinión?

—*Grandes esperanzas.*

—¿De qué trata? —Paolo no miraba la figura de cera, miraba a Jule, concentrado. Estiró el brazo y le acarició el suyo con la mano mientras le respondía. Era un movimiento muy confiado tocarla así segundos antes de volver a presentarse. Normalmente no dejaba que nadie la tocara, pero no le importaba que fuera Paolo. Era muy amable.

—Hay un chico huérfano que se enamora de una chica rica —le dijo— que se llama Estella. A Estella le han enseñado durante toda su vida a romperles el corazón a los hombres, y quizá ella ni siquiera tenga corazón. La crio una mujer loca a quien dejaron plantada en el altar.

—¿Así que Estella rompe el corazón de ese chico?

—Muchas veces y a propósito. Estella no sabe hacer otra cosa. Romper corazones es su poder —se alejaron de Dickens y fueron a otra sección del museo—. ¿Estás aquí solo? —preguntó Jule.

—Con un amigo de mi padre. Me estoy quedando con él unos días. Quiere enseñarme la ciudad, pero es que tiene que estar sentado todo el rato. Artie Thatcher, ¿lo conoces?

—No.

—Su ciática ha empeorado. Se fue a descansar a la tetería.

—Y ¿cómo es que estás en Londres?

—He viajado de mochilazo por España, Portugal, Francia, Alemania, Holanda y Francia otra vez. Después llegué aquí. Voy con un amigo, pero se regresó a casa por Navidad y yo no tenía muchas ganas, así que vine para quedarme con Artie estas vacaciones. ¿Tú?

—Tengo un departamento aquí.

Paolo se inclinó muy cerca y señaló un pasillo oscuro.

—Oye, ahí está la Cámara de los Horrores, por ese pasillo. ¿Entras conmigo? Necesito protección.

—¿De qué?

—De las figuras de cera locas, de eso —dijo Paolo—. Es como una prisión con reos fugados, lo busqué. Mucha sangre y vísceras.

—¿Y quieres ir?

—Me encanta la sangre y las vísceras, pero no solo —sonrió—. ¿Vienes a protegerme de los prisioneros del psiquiátrico, Imogen? —estaban delante de la puerta de la Cámara de los Horrores.

—Claro —dijo Jule—, te protegeré.

Nunca hubo tres novios en Stanford.

Nunca hubo tres novios en ningún sitio, ni siquiera uno.

Jule no necesitaba un chico. No estaba segura de que le gustaran los chicos ni de que le gustara nadie.

En teoría, había quedado de verse con Paolo a las ocho de la noche. Se lavó los dientes tres veces y se cambió de ropa dos. Se puso el perfume de jazmín.

Cuando lo vio esperando en el carrusel donde habían quedado, estuvo a punto de dar la vuelta y marcharse. Paolo estaba viendo a un artista callejero; llevaba la bufanda atada fuertemente para protegerse del viento de enero.

Jule se dijo a sí misma que no debería acercarse a la gente. Nadie merecía el riesgo. Se iría en ese momento, estaba a punto de hacerlo, pero entonces Paolo la vio y se acercó a ella, deprisa, como un niño pequeño, parando justo antes de caerse.

—Híjole, es como una película. ¿Puedes creer que estamos en Londres? Todo lo que conocemos está al otro lado del océano.

Y tenía razón. Todo estaba al otro lado del océano.

Esa noche iría bien.

Paolo llevó a Jule a pasear por el Támesis. Los artistas callejeros tocaban el acordeón y caminaban sobre alambres. Los dos se asomaron a una librería durante un rato y después Jule compró un algodón de azúcar. Con pequeñas nubes rosas en la boca, caminaron hasta el Puente de Westminster.

Paolo tomó la mano de Jule y ella lo dejó. Le acariciaba con suavidad la muñeca de vez en cuando con la yema del pulgar. Le provocaba un escalofrío en el brazo. Le sorprendía que su roce fuera tan reconfortante.

El Puente de Westminster tenía una serie de arcos de piedra por encima del río, grises y verdes. La luz de los faroles en lo alto del puente se reflejaba en el caudaloso río.

—Lo peor de la Cámara de los Horrores fue Jack el Destripador —dijo Paolo—. ¿Sabes por qué?

—¿Por qué?

—Una, porque nunca lo atraparon. Y dos, porque hay un rumor de que se suicidó tirándose desde este mismo puente.

—Ajá.

—En serio. Seguramente estaba en este mismo lugar cuando se tiró. Lo leí en internet.

—Eso es una tontería —dijo Jule—. Nadie sabe quién era en realidad Jack el Destripador.

—Tienes razón —dijo—. Es una tontería.

Entonces la besó bajo el farol, como en la escena de una película. La niebla cubría las piedras, que brillaban. Los abrigos ondeaban al viento. Jule tiritaba debido al aire de la noche, por lo que Paolo le puso su mano, caliente, sobre la nuca.

La besaba como si no quisiera estar en ningún otro lugar del planeta, porque ¿acaso no era algo bonito que la hacía sentir bien? Como si supiera que no dejaba que nadie la tocara, pero que él sí podía hacerlo y que era el chico más afortunado del mundo. Jule sentía que el río que estaba debajo de ella corría por sus venas.

Quería ser ella misma con él.

Se preguntaba si estaba siendo ella misma, si podía seguir siéndolo y si cualquiera podía querer a la persona que era.

Se separaron y caminaron en silencio durante un minuto. Un grupo de cuatro chicas jóvenes borrachas se acercaban hacia ellos, cruzando el puente con tacones de una manera bastante inestable.

—No puedo creer que nos hayan echado —se quejó una de ellas, mascullando.

—Deberían interesarles nuestros negocios, los muy cabrones —dijo otra. Tenían acento de Yorkshire.

—Ah, qué guapo —la primera miró a Paolo a tres metros de distancia.

—¿Crees que querría ir a tomar algo?

—Ja, ¡qué descarada!

—No sé, pregúntale.

—Si quieres pasar una buena noche, señorito, puedes venir con nosotras —le gritó una mujer.

—¿Qué? —Paolo se sonrojó.

—¿Vienes? —preguntó—. Sólo tú.

Paolo movió la cabeza. Las mujeres se marcharon, entre risitas, y las miró hasta que salieron del puente. Entonces volvió a tomar la mano de Jule.

Sin embargo, el humor había cambiado. Ya no sabían qué decirse.

—¿Conoces a Brooke Lannon? —dijo Paolo, finalmente.

¿Qué? Brooke, la amiga de Imogen. ¿Qué tenía que ver Paolo con Brooke?

Jule bajó el tono de voz.

—Sí, de Vassar. ¿Por qué?

—Brooke falleció hace una semana —Paolo miró al suelo.

—¿Qué? Ay, no.

—No quería ser yo el que te lo contara. Apenas ahora me di cuenta de que la conocías —dijo Paolo— y me salió de la nada.

—¿De dónde conoces a Brooke?

—No lo sé, la verdad. Era amiga de mi hermana, del campamento de verano.

—¿Qué pasó? —Jule quería escuchar la respuesta, estaba desesperada, pero se tranquilizó.

—Fue un accidente. Estaba en un parque al norte de San Francisco. Estaba allí visitando a unos amigos con los que había ido a la universidad en la ciudad, pero estaban muy ocupados o lo que sea, y Brooke se fue a hacer senderismo. Era un día bueno para hacer senderismo, pero era tarde, iba a oscurecer. Estaba sola en una reserva natural y se cayó en el camino, un camino que estaba sobre un barranco.

—¿Se cayó?

—Pensaron que había estado bebiendo. Se golpeó la cabeza y, quitando algunos animales, nadie la encontró hasta esta mañana. El cuerpo estaba bastante destrozado.

A Jule se le humedecieron los ojos. Pensó en Brooke Lanon, con esa risa ruidosa, tan arrogante. Brooke, que bebía demasiado. Brooke, con ese sentido del humor tan perverso, con el pelo rubio y lustroso y ese cuerpo de foca, con la dentadura perfecta. Tonta, ruin y molesta.

—¿Cómo saben lo que le pasó?

—Se cayó del pasamanos, quizá trepando para ver algo. Encontraron su coche en el estacionamiento con una botella de vodka vacía.

—¿Fue un suicidio?

—No, no, sólo un accidente. Salió hoy en las noticias, como si fuera una historia con moraleja. Ya sabes, ve con alguien cuando salgas al campo. No bebas vodka y después escales un barranco. Su familia se preocupó cuando no fue a casa por Navidad, pero la policía dio por hecho que se había marchado a propósito.

Jule se sentía fría y extraña. Llevaba sin pensar en Brooke desde que había llegado a Londres. Podía haberla buscado por internet, pero no lo había hecho. Había eliminado a Brooke por completo.

—¿Estás seguro de que fue un accidente?

—Un accidente horrible —dijo Paolo—. Lo siento mucho.

Caminaron durante un rato en un silencio incómodo.

Paolo se cubrió las orejas con el sombrero.

Después de un minuto, Jule se aproximó y lo tomó de nuevo de la mano. Quería tocarlo. Admitirlo y hacerlo era, para ella, un acto de valentía mayor que cualquier pelea en la que se hubiera visto envuelta.

—No pensemos en eso —dijo—. Estamos en la otra parte del océano y tenemos suerte.

Le dejó que la acompañara a casa y la besó de nuevo enfrente del edificio. Se acurrucaron juntos en las escaleras para mantener el calor mientras los copos de nieve se movían en el aire.

Al día siguiente, temprano, Paolo apareció en el departamento con una bolsa. Jule llevaba puestos unos pantalones de piyama y una camiseta cuando sonó el timbre. Lo hizo esperar en el vestíbulo hasta que se vistió.

—Un amigo me prestó su casa en Dorset —dijo, siguiéndola a la cocina—, y alquilé un coche. Todo lo demás que cualquiera pueda necesitar para un fin de semana está en esta bolsa.

Jule se asomó a la bolsa que llevaba: cuatro chocolates Crunchie, Hula Hoops, Swedish Fish, dos botellas de refresco y una bolsa de papitas con sal y vinagre.

—No tienes nada de ropa ahí, ni siquiera un cepillo de dientes.

—Eso es para principiantes.

—Agggh —se rio.

—Bueno, sí, tengo la mochila en el coche, pero esto es lo importante —dijo Paolo—. Podemos ver Stonehenge por el camino. ¿Lo has visto?

—No —Jule estaba, la verdad, muy interesada en ver Stonehenge. Había leído sobre el lugar en una novela de Thomas Hardy que había comprado en una librería de San

Francisco, pero quería verlo todo…, así se sentía, todas las partes de Londres que aún no había visto, toda Inglaterra, todo el mundo, y sentirse libre, poderosa y sí, con derecho a ver y entender lo que estaba ahí afuera.

—Será un lugar antiguo y misterioso, así que estará bien —dijo Paolo—. Después, cuando lleguemos a casa, podemos caminar y mirar a las ovejas en los prados o tomarles fotos o tal vez darles palmaditas, lo que sea que haga la gente en los pueblos.

—¿Me estás invitando?

—¡Sí! Habrá habitaciones separadas disponibles.

Se encaramó a la silla de la cocina, como si no estuviera seguro de su aparición, como si hubiera ido demasiado lejos.

—Te pusiste nervioso —dijo, ganando tiempo.

Quería decir que sí. Sabía que no debía hacerlo.

—Sí, estoy muy nervioso.

—¿Por qué?

Paolo pensó durante un momento.

—Es mucho lo que está en juego, me importa tu respuesta —se levantó despacio y la besó a un lado del cuello. Se inclinó hacia él, que empezó a temblar. Le besó el lóbulo de la oreja y después los labios, de puntitas en la cocina.

—¿Es eso un sí? —susurró.

Jule sabía que no debía ir.

Era la peor idea. Había dejado atrás esa posibilidad hacía tiempo. El amor es eso a lo que renuncias cuando te conviertes en… lo que fuera que era en ese momento. Impotente. Peligroso. Se había arriesgado y reinventado a sí misma.

Ahora ese chico estaba en la cocina, temblando al besarla, con una bolsa de comida chatarra y agua con gas. Diciendo tonterías sobre las ovejas.

Jule cruzó al otro lado de la cocina y se lavó las manos en el fregadero. Sentía que el universo le estaba ofreciendo algo hermoso y especial. No volvería a aparecer con otra oferta semejante.

Paolo se acercó y le puso la mano en el hombro, de manera muy respetuosa, como si le estuviera pidiendo permiso, como si le asombrara poder tocarla.

Y Jule se dio la vuelta y le dijo que sí.

Stonehenge estaba cerrado.

Y llovía.

No se podían ver las piedras a no ser que se compraran los boletos con antelación. Jule y Paolo ni siquiera pudieron mirarlas desde el centro de visitantes.

—Te prometí un lugar antiguo y misterioso y aquí sólo hay un estacionamiento —dijo Paolo, entre triste y contento, mientras volvían al coche—. Debería haberlo visto.

—No pasa nada.

—No sé cómo funciona internet.

—Ah, no te preocupes. Tengo más ganas de ver a las ovejas.

—¿En serio? —sonrió.

—Claro. ¿Me garantizas que habrá ovejas?

—¿De verdad? Porque no creo que pueda garantizártelo y no quiero decepcionarte de nuevo.

—No, no me importan nada las ovejas.

—Debería haberlo sabido —Paolo movió la cabeza—. Las ovejas no son Stonehenge. Hay que asumirlo. Ni siquiera las mejores ovejas van a ser nunca Stonehenge.

—Vamos a comer Swedish Fish —le dijo, para animarlo.

—Perfecto —dijo Paolo—; ése es un plan perfecto.

La casa no era una casa en realidad. Era una mansión, una residencia gigantesca construida en el siglo XIX, con jardines y acceso vigilado. Paolo tenía un código para la puerta, lo marcó y entró con el coche en un sendero curvo.

Las paredes eran de ladrillo y estaban cubiertas de hiedra. En una parte había un jardín vertical de rosas y bancos de piedra que terminaban en un quiosco al borde de un arroyo.

Paolo hurgó en los bolsillos.

—Tengo las llaves en algún sitio.

Llovía mucho. Se quedaron en la entrada, con las maletas.

—Mierda, ¿dónde están? —Paolo registró la chamarra, los pantalones, la chamarra de nuevo—. Llaves, llaves —echó un vistazo en la bolsa, buscó en la maleta, corrió a buscar en el coche.

Se sentó en la entrada, protegiéndose de la lluvia, y sacó todo lo que tenía en los bolsillos. Después, todo lo que había en la bolsa y todo lo que había en la mochila.

—No tienes las llaves —dijo Jule.

—No tengo las llaves.

Era un estafador, un vividor. No era Paolo Vallarta-Bellstone. ¿Qué pruebas había visto Jule? Ni la identificación, ni fotos en internet. Sólo lo que le contaba, sus maneras, el conocimiento sobre la familia de Imogen.

—¿Son tus amigos de verdad? —preguntó, bajando el tono.

—Es la casa de campo de la familia de mi amigo Nigel, que me invitaron el verano pasado. Ahora nadie la está usando y me sé el código de la puerta, ¿no?

—No dudo de ti —mintió.

—Podemos ir a la parte de atrás y ver si la puerta de la cocina está abierta. Hay un jardín en la cocina desde… Desde cuando sea que hay jardines en la cocina —dijo Paolo—. Creo que el nombre técnico es desde la antigüedad.

Se pusieron las chamarras encima de la cabeza y corrieron debajo de la lluvia, saltando los charcos y riéndose.

Paolo empujó la puerta. Estaba cerrada. Caminó alrededor buscando la llave de repuesto debajo de alguna piedra mientras Jule se acurrucaba debajo del paraguas.

Sacó el teléfono y escribió su nombre, buscando fotos.

Menos mal. Definitivamente, era Paolo Vallarta-Bellstone. Había fotografías suyas en eventos caritativos, al lado de sus padres, sin corbata en un acto donde los hombres claramente tenían que llevar corbata, fotos de él con otros chicos en un campo de futbol, una foto de la graduación de la preparatoria en la que se le veía una boca con brackets y con un corte de pelo feo, subida a un blog por una abuela que había escrito allí un total de tres veces.

A Jule le gustaba que fuera Paolo y no un estafador. Le gustaba lo buena persona que era. Era mejor que fuera el real, porque así podía creer en él, pero había mucho de Paolo que Jule nunca conocería, muchas historias que nunca le contaría.

Paolo se rindió en la búsqueda de la llave. Tenía el pelo empapado.

—Las ventanas tienen alarma —dijo—, creo que no tiene solución.

—¿Qué se supone que debemos hacer?

—Meternos en el quiosco y besarnos un rato —dijo Paolo.

La lluvia no amainó.

Condujeron con la ropa empapada hacia Londres y pararon en un restaurante para comer frituras.

Paolo estacionó el coche en el edificio de Jule. No la besó, pero la tomó de la mano.

—Me gustas —dijo—. Creo…, imagino que ya está claro, ¿no? Pero pensaba que debía decírtelo.

A Jule también le gustaba él. Le gustaba cómo era ella con él, pero no era ella misma. No sabía qué o quién le gustaba a Paolo. Podía ser Immie o podía ser Jule.

No sabía dónde trazar la línea entre ellas. Jule olía a jazmín como Imogen, Jule hablaba como Imogen, a Jule le gustaban los libros que le gustaban a Immie. Todo aquello era verdad. Jule era huérfana, como Immie, una persona que se había hecho a sí misma, una persona con un pasado misterioso. Mucho de Imogen estaba en Jule, así lo sentía, y mucho de Jule estaba en Imogen.

Pero Paolo pensaba que Patti y Gil eran sus padres. Pensaba que había ido a la facultad con esa pobre chica muerta, Brooke Lannon. Pensaba que era judía, rica y que tenía un departamento en Londres. Esas mentiras eran parte de lo que le gustaba. Era imposible decirle la verdad, e incluso aunque lo hiciera la odiaría toda la vida.

—No puedo verte —le dijo.

—¿Qué?

—No puedo verte, así no.

—¿Por qué no?

—Es que no puedo.

—¿Hay alguien más? ¿Estás saliendo con alguien? Podría pedir número para la cola.

—No. Sí. No.

—¿Qué es? ¿Puedo hacerte cambiar de opinión?

—No estoy disponible —le podía haber dicho que había alguien más, pero no quería seguir mintiéndole.

—¿Por qué no?

—No tengo corazón —abrió la puerta del coche.

—Espera.

—No.

—Por favor, espera.

—Tengo que irme.

—¿Te la pasaste mal? ¿Aparte de la lluvia, de Stonehenge, de la casa de campo, de las ovejas? ¿Aparte del hecho de que ha sido un día desastroso?

Jule quería quedarse en el coche, tocar sus labios con los dedos y relajarse siendo Immie y dejando que las mentiras se construyeran en medio de los dos. Pero no.

—Déjame en paz. Carajo, Paolo —gritó. Abrió la puerta del coche y salió al aguacero.

Pasaron unas cuantas semanas. Jule se dejó las cejas muy finas, compró muchísima ropa, prendas muy bonitas con etiquetas de precios altos, y libros de cocina para el departamento, aunque nunca los usó. Fue al ballet, a la ópera, al teatro. Vio todo: los sitios históricos, los museos y los edificios más famosos. También compró antigüedades en el mercado de Portobello Road.

La última noche, Forrest apareció en el departamento. Se suponía que estaba en América.

A Jule le entró el pánico cuando vio por la mirilla. Quería abrir la ventana y subir por la cañería hasta el tejado, saltar al siguiente edificio y, la verdad, no estar en casa. Quería cambiarse las cejas y el pelo y el maquillaje y…

Sonó el timbre una segunda vez. Jule decidió quitarse los anillos, ponerse los pants y una camiseta en vez del vestido largo que llevaba puesto. Se paró delante de la puerta y se recordó a sí misma que siempre había sabido que Forrest podía aparecer; era el departamento de Immie. Tenía una estrategia. Podía manejarlo. Abrió la puerta.

—Forrest, qué sorpresa.

—Jule.

—Pareces cansado. ¿Estás bien? Entra.

Llevaba una maleta de fin de semana. Jule la agarró y entró con ella al departamento.

—Acabo de aterrizar —dijo Forrest, frotándose la mandíbula y entrecerrando los ojos por debajo de los lentes.

—¿Te viniste en taxi desde Heathrow?

—Sí —la miró con distancia—. ¿Por qué estás tú aquí, en el departamento de Imogen?

—Me estoy quedando aquí un tiempo. Me dio las llaves.

—¿Dónde está? Quiero verla.

—No vino a casa anoche. ¿Cómo encontraste el departamento?

—El señor Sokoloff me dio la dirección —Forrest miro al suelo, extrañado—. Fue un vuelo largo. ¿Podría tomar un vaso de agua?

Jule lo condujo a la cocina. Le dio agua de la llave, sin hielo. Había puesto limones dentro de un tazón en el mostrador porque para ella hacían juego con la idea que tenía del departamento, pero dentro de la alacena y del refrigerador Imogen no había guardado nada. Jule comía galletas saladas, crema de cacahuate con azúcar, paquetes de salami y chocolates. Esperaba que Forrest no pidiera comida.

—¿Dónde dijiste que estaba Immie? —preguntó.

—Te dije que no está aquí.

—Pero, Jule —la agarró del brazo, y durante un momento se asustó, se asustó porque sus manos fuertes le estaban apretando la camisa, y estaba tan delgado y débil—. ¿Dónde está si no es aquí? —dijo muy despacio. Odiaba sentir su cuerpo cerca del suyo.

—No vuelvas a tocarme en tu puta vida —le dijo—. Nunca. ¿Entiendes?

Le soltó el brazo y se fue al salón, donde se acostó en el sofá sin que nadie lo invitara.

—Creo que sabes dónde está, eso es todo.

—Seguramente se fue a París el fin de semana. Puedes llegar rápidamente desde aquí con el Eurotúnel.

—¿A París?

—Me imagino.

—¿Te pidió que no me dijeras a dónde se fue?

—No. Ni siquiera sabíamos que vendrías.

Forrest se puso cómodo entre los cojines.

—Necesito verla. Le escribí, pero puede que me haya bloqueado.

—Tiene un celular británico, y le dieron un número distinto.

—No me contesta los emails tampoco. Por eso vine, esperaba hablar con ella.

Jule preparó un poco de té mientras Forrest llamaba por teléfono a los hoteles. Tuvo que hacer doce llamadas antes de dar con uno con una habitación libre que pudiera reservar unas cuantas noches.

Había sido lo suficientemente arrogante como para pensar que Imogen lo dejaría quedarse.

13

Mediados de diciembre, 2016
San Francisco, California

Dos días antes de llegar a Londres, Jule subía a pie una colina de San Francisco con una estatuilla enorme de un león en la mochila.

Adoraba San Francisco. Era tal y como Immie lo había descrito: montañoso y pintoresco y, al mismo tiempo, caro y elegante. Ese día, Jule había ido a ver una exposición de cerámica en el Museo de Arte Asiático que le había recomendado la casera del departamento.

Maddie Chung, la casera, era comedida, tenía alrededor de cincuenta años y era lesbiana. Se vestía de jeans, fumaba en el porche y tenía una pequeña librería. Jule le pagaba en efectivo y al final de la semana por el departamento, que estaba en la planta superior de una casa victoriana. Maddie y su mujer vivían en los dos pisos de abajo. Siempre hablaba con Jule sobre historia del arte y exposiciones. Era muy amable y parecía que veía a Jule necesitada de buena voluntad.

Ese día, cuando Jule llegó a casa, Brooke Lannon, la amiga de Immie de Vassar, estaba sentada en las escaleras.

—Llegué pronto —dijo Brooke—. Da igual.

El convertible de Brooke había estado toda la noche enfrente del edificio. Tenía que ir a recogerlo, pero Jule le había escrito para pedirle por favor que se quedara para hablar.

Brooke tenía muslos gruesos, la mandíbula cuadrada y siempre llevaba el pelo igual: rubio y liso. La piel blanca y un labial claro. Estilo deportivo. Había crecido en La Jolla. Bebía demasiado, jugaba hockey sobre pasto en la preparatoria y había tenido varios novios y una novia, pero nunca había estado enamorada. Ésas eran todas las cosas que Jule sabía sobre ella desde Martha's Vineyard.

En ese momento, Brooke se levantó y estuvo a punto de perder el equilibrio.

—¿Estás bien? —preguntó Jule.

—No mucho.

—¿Has estado bebiendo?

—Sí —dijo Brooke—, ¿y qué?

La noche caía.

—Vamos a dar una vuelta en el coche —dijo Jule—. Podemos hablar.

—¿En el coche?

—Estará bien. Tienes un coche muy bonito. Déjame las llaves —el coche era una de las cosas que los viejos compran para convencerse de que todavía son sexys. Los dos asientos eran de color camello y la carrocería curvada de color verde claro. Jule se preguntó si pertenecería al padre de Brooke—. No puedo dejarte conducir si has estado bebiendo.

—¿Qué eres, la policía?

—Me parece que no.

—¿Una espía?

—Brooke.

—En serio, ¿lo eres?

—No puedo responderte.

—Ja, eso es lo que diría una espía.

Ya no importaba lo que Jule le dijera o no a Brooke.

—Vamos de excursión —dijo Jule—. Conozco un sitio en el parque nacional. Podemos conducir por el Golden Gate y habrá un paisaje increíble.

Brooke hizo tintinear las llaves del coche en el bolsillo.

—Es un poco tarde.

—Mira —dijo Jule—, hemos tenido un malentendido sobre Immie y me alegra que hayas venido. Vayamos a algún sitio neutral y hablemos. Mi departamento no es el mejor lugar.

—No sé si quiero hablar contigo.

—Viniste pronto —dijo Jule—, quieres hablar conmigo.

—Está bien, hablemos, abracémonos, todo eso —dijo Brooke—. Eso hará feliz a Immie —le dio las llaves.

La gente hace tonterías cuando bebe.

Quedaban dos días para Navidad y hacía demasiado frío para ir en un convertible, pero el techo del coche de Brooke estaba bajado. Brooke insistió. Jule llevaba puestos unos jeans, botas y un suéter de lana grueso. Metió la mochila en la cajuela y dentro de ella la cartera, un segundo suéter y una camiseta limpia, una botella de agua de boca ancha, un paquete de toallitas, una bolsa de basura y la estatuilla del león.

Brooke sacó una botella de vodka medio vacía de la bolsa, pero no se la tomó. Se durmió inmediatamente.

Jule condujo por la ciudad. Cuando llegaron al Golden Gate estaba inquieta. El paseo, tranquilo, no le había quitado los nervios. Le dio un codazo a Brooke para que se despertara.

—El puente —dijo—. Mira.

Se alzaba imponente sobre ellas, anaranjado y majestuoso.

—A la gente le encanta suicidarse en este puente —dijo Brooke, con voz ronca.

—¿Cómo?

—Es el segundo puente más famoso del mundo —dijo Brooke—, lo leí en algún sitio.

—¿Cuál es el primero?

—Un puente en el río Yangtzé, olvidé el nombre. Leo cosas como ésas —dijo Brooke—. La gente piensa que es poético saltar de un puente, por eso lo hacen, mientras que, digamos, suicidarte desangrándote en una tina es desagradable. ¿Qué se supone que debes llevar puesto si te desangras en una tina?

—No llevas nada puesto.

—¿Cómo lo sabes?

—Lo sé —Jule deseó no haber animado a Brooke a sacar ese tema.

—¡No quiero que la gente me vea desnuda cuando me muera! —gritó Brooke al aire bajo el Golden Gate—. ¡Pero tampoco quiero llevar ropa puesta en la tina! ¡Es muy raro!

Jule la ignoró.

—De todos modos, están construyendo una barrera para que la gente no pueda saltar —continuó Brooke—, aquí, en el Golden Gate.

Condujeron por el puente en silencio y giraron hacia el parque.

Poco después, Brooke añadió:

—No debería haber sacado ese tema. No quiero darte ideas.

—No me diste ideas.

—No te suicides —dijo Brooke.

—No me voy a suicidar.

—Estoy siendo tu amiga en este momento, ¿okey? Hay algo dentro de ti que no es normal.

Jule no contestó.

—He crecido con gente muy normal y estable —continuó Brooke—. En mi familia nos comportamos de manera normal todo el día, tan normal que me quiero sacar los ojos, así que soy una experta. ¿Tú? Tú no eres normal. Deberías pensar en buscar ayuda, es lo único que digo.

—Crees que ser normal es tener una puta tonelada de dinero.

—No. Vivian Abromowitz tiene una beca escolar en Vassar y es normal, la muy bruja.

—Crees que ser normal es tener lo que quieres siempre —dijo Jule— para que las cosas sean fáciles, pero no, la mayoría de la gente nunca consigue lo que quiere. Se les cierran las puertas en las narices, tienen que esforzarse todo el tiempo. No viven en tu tierra mágica de coches de dos y dientes perfectos y viajes a Italia y abrigos de piel.

—Ahí lo tienes —dijo Brooke—. A eso me refiero.

—¿Qué?

—No es normal que digas cosas así. Has vuelto a la vida de Immie después de llevar años sin verla, y en cuestión de días te mudaste a su casa, le tomas prestadas sus cosas, te bañas en su maldita alberca y dejas que te pague la peluquería. Fuiste a la pinche Stanford y, oh, perdiste la beca, pero no hagas como si fueras la voz del maldito 99 por ciento. Nadie te cierra las puertas, Jule, y tampoco lleva nadie abrigos de piel porque, hola, no es ético. O sea, quizá alguna abuela los lleve, pero no una persona normal. Y no he dicho nunca nada de tus dientes, maldita sea. Necesitas aprender a relajarte y a ser un ser humano si quieres tener amigos de verdad y no gente que simplemente te tolere.

Ninguna de ellas dijo nada más durante el resto del camino.

Se estacionaron y Jule agarró la mochila. Sacó los guantes del bolsillo de los pantalones y se los puso.

—Vamos a dejar los celulares en la cajuela —dijo.

Brooke la miró durante un largo minuto.

—Sí, okey, vamos a adentrarnos en la naturaleza —farfulló. Bloquearon los teléfonos y Jule se metió en el bolsillo las llaves del coche. Miraron la señal al borde del estacionamiento. Las rutas de senderismos estaban marcadas con varios colores.

—Vamos al mirador —dijo Jule, señalando el camino marcado en azul—. Ya he estado antes allí.

—Como quieras —dijo Brooke.

Era un camino de seis kilómetros de ida y vuelta. El parque estaba casi vacío por el frío y porque era Navidad, pero había unas pocas familias que se marchaban según acababa el día; los niños, cansados, se quejaban o iban en carritos. Una vez que Brooke y Jule comenzaron a andar cuesta arriba, ya no quedaba nadie.

Jule sintió cómo le aumentaba el pulso. Conocía el camino.

—Sientes algo por Imogen —dijo Brooke, rompiendo el silencio—. No creas que eso te hace especial. TODO el mundo siente algo por Imogen.

—Es mi mejor amiga. Eso no es lo mismo que sentir algo —dijo Jule.

—Ella no es la mejor amiga de nadie, es una rompecorazones.

—No seas mala con ella, sólo te encabrona que no te haya escrito.

—Sí me ha escrito, no me refiero a eso —dijo Brooke—. Mira, cuando nos hicimos amigas el primer año, Immie se pasaba en mi cuarto todo el día: por la mañana me llevaba un café antes de clase; me sacaba a ver las películas que ponía el departamento de cine; quería que nos prestáramos los aretes; me llevaba galletas porque sabía que me gustaban.

Jule no dijo nada.

Immie la había llevado a ver películas. Immie le había comprado chocolate. Immie le había llevado el café a la cama cuando vivían juntas.

Brooke continuó.

—Venía todos los martes y los jueves porque íbamos a clase de italiano a primera hora de la mañana y al principio yo ni siquiera estaba despierta. Tenía que esperar a que me vistiera. Mi compañera se quejó porque Immie llegaba demasiado temprano, así que empecé a ponerme una alarma en el celular. Me levantaba y me quedaba afuera de la puerta hasta que Imogen llegaba.

"Y después, un día, no llegó. Era principios de noviembre, creo. ¿Y sabes qué? Nunca volvió después de eso. Nunca me trajo café ni me llevó al cine. Me cambió por Vivian Abromowitz. ¿Y sabes qué? Podría haber actuado como una niña de primaria, Jule. Podría haberme puesto susceptible y actuar onda 'Ay, pobrecita de mí, no puedes tener dos mejores amigas y bla, bla, bla'. Pero no lo hice. Fui amable con las dos. Todas éramos amigas. Todo iba bien.

—Okey.

Jule odiaba esa historia. También odiaba no haber comprendido antes que el motivo por el cual Vivian y Brooke se caían mal era por la propia Imogen.

Brooke continuó.

—Lo que digo es que Imogen rompió también el corazoncito de Vivian, más tarde, y el de Isaac Tupperman. Lo engañó con un montón de chicos mientras andaban, y a la vez Isaac, claro, se ponía celoso e inseguro. Después Immie se sorprendió cuando rompió con ella, pero ¿qué esperaba si se estaba metiendo con otros? Quería ver si la gente podía perder la calma y obsesionarse con ella. ¿Y sabes qué? Eso es exactamente lo que tú haces, y exactamente lo que un montón de gente hizo en la facultad. Eso le gusta a Imogen porque la hace sentirse importante y sexy, pero después no logra tener amigos. Otra manera de manejar la situación es demostrarte a ti misma que eres mejor persona. Imogen sabe que eres tan fuerte como ella, o quizá más; así es como te respeta y pueden seguir juntas.

Jule estaba callada. Ésa era una nueva versión de la historia de Isaac Tupperman, Isaac del Bronx, Coates y Morrison, los poemas en la bicicleta de Imogen, el posible embarazo. ¿No lo había mirado Immie con los ojos abiertos? Se había enamorado y después decepcionado, pero sólo después de que él la dejara. No parecía posible que ella hubiera cortado con él.

De pronto, sí parecía posible. Le parecía obvio que Imogen, que se había sentido a la sombra de la inteligencia y masculinidad de Tupperman, se hubiera convertido en alguien más fuerte que él engañándolo.

Continuaron caminando por el bosque. El sol empezó a ponerse y no había nadie en el camino.

—Si quieres ser como Immie, sé igual que ella, está bien —dijo Brooke. Habían llegado a un puentecito sobre un barranco. Conducía a unos escalones de madera que llevaban a una torre de vigilancia desde donde se apreciaba la vista del profundo valle y de las colinas colindantes—, pero no eres Imogen, ¿entendido?

—Sé que no soy Imogen.

—No estoy tan segura —dijo Brooke.

—No es cosa tuya.

—Puede que sí sea cosa mía, puede que piense que eres inestable y que lo mejor que puedes hacer es alejarte de Immie y pedir ayuda para tus problemas mentales.

—Dime una cosa: ¿por qué estamos aquí? —preguntó Jule. Se subió a un escalón por encima de Brooke.

Debajo de ellas estaba el barranco.

El sol estaba a punto de ponerse.

—Te pregunté por qué estamos aquí —dijo Jule. Lo dijo en voz baja, quitándose la mochila del hombro y abriéndola como si fuera a sacar la botella de agua.

—Vamos a hablar, como dijiste. Quiero que dejes de meterte en la vida de Immie, de vivir de su historia, de hacer que ignore a sus amigos y de lo que sea que estés haciendo.

—Te pregunté por qué estamos aquí —dijo Jule, inclinándose sobre su mochila.

Brooke se encogió de hombros.

—¿Aquí exactamente? ¿En este parque? Tú manejaste hasta acá.

—Exacto.

Jule levantó la mochila que guardaba la estatuilla de león del Museo de Arte Asiático. La balanceó con fuerza golpeando la frente de Brooke y haciendo un ruido horroroso.

La estatuilla no se rompió.

La cabeza de Brooke rebotó hacia atrás y ella se tropezó con el puente de madera.

Jule se acercó y le dio de nuevo, esta vez, desde un lado. La sangre brotaba de la cabeza de Brooke, salpicando la cara de Jule.

Brooke se desplomó sobre la barandilla, agarrándose a las barras de madera.

Jule soltó la estatuilla y fue hacia Brooke. La agarró con las piernas y Brooke la empujó, pegándole en el hombro y agarrándola con las manos para recuperar el equilibrio en el camino. Le dio fuerte y el hombro de Jule se dislocó con una descarga de dolor.

Mierda.

La visión de Jule se tornó blanca durante un minuto. Había perdido a Brooke, así que, con el brazo izquierdo colgando, le hizo una llave con el brazo derecho y empujó los brazos de Brooke, haciéndole soltar la barandilla. Después se agachó y le dio por debajo de nuevo. Bloqueó sus piernas, que se revolvían en el suelo, las agarró, puso el hombro bueno debajo del cuerpo de Brooke y le dio un bandazo, tirándola.

Todo estaba tranquilo.

El pelo rubio y sedoso de Brooke caía en picada.

Hubo un ruido sordo cuando su cuerpo cayó sobre las copas de los árboles y otro al llegar al final del rocoso barranco.

Jule se asomó por la barandilla. El cuerpo era invisible en medio del paraje verde.

Miró alrededor. Nadie en el camino.

Tenía el hombro dislocado. Le dolía tanto que no podía pensar bien.

No había contado con salir herida. Si no podía recolocarse el brazo dislocado, iba a fracasar, porque Brooke había muerto y su sangre estaba por todas partes y Jule tenía que cambiarse de ropa. Ahora.

Jule se obligó a respirar con calma y a pensar.

Se sujetó la muñeca izquierda con la derecha, elevó el brazo en movimiento de jota, apartándolo del cuerpo. Una vez, dos, Dios, duele; pero al tercer intento, el hombro izquierdo volvió a su lugar.

El dolor desapareció.

Jule había visto a un chico hacerlo una vez en el gimnasio de artes marciales y le había preguntado cómo se hacía.

Todo bien, entonces. Se miró el suéter, que estaba salpicado de sangre. Se lo quitó. La camiseta también estaba mojada, pero la jaló y usó una esquina libre para limpiarse la cara y las manos. Se quitó los guantes y sacó las toallitas de la mochila para limpiarse entera —pecho, brazos, cuello, manos—, tiritando por el frío invernal. Metió la ropa con sangre y las toallitas en la bolsa de basura negra, la cerró con fuerza y lo metió todo en la mochila.

Se puso la camisa y el suéter limpios.

Había sangre en la mochila donde estaba la estatuilla.

Jule la agarró y le dio la vuelta, de tal modo que la sangre quedaba dentro. Metió la estatuilla en la mochila y guardó la bolsa de basura en la botella de boca ancha.

Usó las toallitas para limpiar la sangre que había quedado en el puente y después las metió también en la botella.

Miró alrededor.

No había nadie.

Jule se tocó el hombro con cuidado. Estaba bien. Se lavó la cara, las orejas y el pelo cuatro veces más con las toallitas y deseó haberse llevado un espejo de mano. Miró alrededor del puente, por el barranco.

No podía ver a Brooke.

Caminó de vuelta por el sendero. Sentía que podía caminar siempre y no cansarse nunca. No vio a nadie en el camino hasta la entrada, donde pasaron de largo cuatro deportistas con gorro de Santa Claus y con linternas que empezaban el sendero amarillo.

En el coche, Jule dudó.

Debería quedarse ahí. Si se lo llevaba a cualquier otro sitio, cuando la gente encontrara el cuerpo de Brooke en el barranco no cuadraría.

Entró con cuidado. Sacó las toallitas y empezó a limpiar el freno de mano, pero después se detuvo.

No, no. Ése era un mal plan. ¿Por qué no había pensado antes en ello? Iba a resultar raro que no hubiera huellas en el coche; las huellas de Brooke deberían estar ahí. Resultaría extraño que el freno estuviera limpio.

Piensa. Piensa. La botella de vodka estaba en el suelo del asiento del copiloto. Jule la agarró con una toallita y quitó el tapón. Entonces tiró un poco del vodka en el freno, como si se hubiera caído por accidente. Puede que eso hiciera creíble que no hubiera huellas ahí. No tenía ni idea de si los investigadores de la escena del crimen miraban ese tipo de cosas; en realidad, no sabía qué miraban.

Mierda.

Salió del coche. Se obligó a pensar con lógica. Sus propias huellas no estaban fichadas y no tenía antecedentes. La policía podía asegurar que alguien más había conducido el coche si lo miraban, pero nunca sabrían que era Jule.

No había pruebas de que alguien llamado Jule West Williams hubiera vivido alguna vez o hubiera visitado la ciudad de San Francisco.

Abrió la cajuela y sacó los dos teléfonos. Después, aún temblando, cerró el coche y se alejó.

Era una noche fría. Jule caminó deprisa para calentarse. Un kilómetro y medio más allá del parque ya se sentía más tranquila. Tiró la botella de agua en un bote al lado de la carretera. Más adelante, metió la ropa manchada de sangre en la bolsa de plástico negra en un contenedor.

Después siguió caminando.

El puente Golden Gate resplandecía bajo el cielo nocturno. Jule era pequeña a su lado, pero sentía como si un foco brillara detrás de ella. Lanzó las llaves del coche de Brooke y el teléfono al agua al otro lado del puente.

Su vida era de película. Estaba estupenda bajo la luz de los faroles. Después de la pelea, tenía las mejillas sonrojadas. Los moretones estaban tomando forma debajo de la ropa, pero tenía el pelo estupendo. Ah, y la ropa le favorecía mucho.

Sí, era verdad que era una delincuente violenta, brutal incluso, pero ése era su trabajo y era la única calificada para hacerlo, así que era sexy.

La luna estaba en fase creciente y el viento silbaba. Jule aspiró grandes bocanadas de aire y respiró el glamour, el dolor y la belleza de la vida de los héroes de acción.

De vuelta al departamento, sacó la figura del león de la mochila y le vertió cloro encima. Después dejó caer el agua de la regadera sobre ella, la secó y la puso en la repisa de la chimenea.

A Imogen le hubiera gustado esa figura. Le encantaban los felinos.

Jule compró un boleto de avión a Londres desde Portland, Oregón, a nombre de Imogen. Después tomó un taxi hasta la estación de autobuses.

Al llegar se dio cuenta de que acababa de perder el autobús de las nueve de la noche y que el siguiente no era hasta las siete de la mañana.

Se sentó a esperar y el subidón de adrenalina de las horas previas bajó. Se compró tres paquetes de M&M de cacahuate de una máquina expendedora y se sentó encima de las maletas. De repente se encontraba cansada y asustada.

Sólo había un par de personas en la sala que usaban la estación como refugio para dormir. Jule chupó los M&M para que duraran más e intentó leer, pero no se podía concentrar. Después de veinticinco minutos, un borracho que dormía en un banco se despertó y empezó a cantar en alto:

God rest ye merry, gentlemen,
Let nothing you dismay.
Remember, Christ, our savior
Was born on Christmas Day,

To save us all from Satan's power
When we had gone astray.[1]

Jule sabía que se había ido por un camino muy jodido. Había matado a una chismosa estúpida con una premeditación brutal. Nunca existiría un salvador que la rescatara de lo que fuera que le había hecho hacerlo. Nunca había tenido un salvador.

Así era, no había vuelta atrás. Estaba sola en una estación, muerta de frío, el 23 de diciembre, escuchando a un borracho y rascándose los últimos restos de sangre de alguien de debajo de las uñas con la esquina del boleto de autobús. Otra gente, la buena, cocinaba galletas de jengibre, comía caramelos de menta y hacía los moños en los regalos de Navidad. Discutían, decoraban y limpiaban después de las comilonas, entonados con el vino caliente, mientras veían esas películas antiguas e inspiradoras.

Jule estaba ahí. Se merecía el frío, la soledad, los borrachos, la basura y mil castigos peores y torturas.

El reloj dio la vuelta. Dio la medianoche y, oficialmente, Nochebuena. Jule se compró un chocolate caliente en una máquina.

Se lo bebió y recuperó el calor. Hablaba de ella misma con angustia. Después de todo, era valiente, inteligente y fuerte. Lo había hecho con una eficiencia creíble, hasta con estilo, y había cometido un asesinato en un barranco gigantesco y teatral, pero no había ni un sólo testigo, no había dejado sangre en ningún sitio.

Matar a Brooke había sido en defensa personal.

---

[1] Que Dios les dé lo mejor, caballeros, / que nada los haga desfallecer. / Recuerden que Cristo, nuestro salvador / nació en el día de Navidad / para salvarnos a todos del poder de Satán / cuando nos hayamos ido por mal camino.

La gente necesitaba protegerse a sí misma. Era la naturaleza humana, y Jule llevaba años entrenándose para ello. Lo que había sucedido ese día probaba que era más capaz de lo que pensaba. Era admirable, de hecho: una luchadora mutante, una supercriatura. Ni el maldito Lobezno le guardaba luto a la gente a la que atravesaba con las zarpas. Mataba a gente constantemente en defensa personal o por una causa que valía la pena. Lo mismo pasaba con Bourne, Bond y el resto. Los héroes no pensaban en las galletas de jengibre, en los regalos o en los caramelos de menta. Jule no lo iba a hacer; tampoco es que le gustaran esas cosas. No había nada por lo que llorar.

God rest ye merry, gentlemen,
Let nothing you dismay...

El borracho volvió a cantar.

—¡Cállate antes de que vaya yo a callarte! —gritó Jule.

Se detuvo.

Vació la última gota de chocolate en la boca. No volvería a pensar en el mal camino, no se sentiría culpable: seguiría ese camino de heroína de acción y fuerza.

Jule West Williams pasó el 24 de diciembre en un autobús haciendo un viaje de diecinueve horas de duración y se quedó dormida el día de Navidad, temprano, en un hotel de aeropuerto en Portland, Oregón. A las nueve de la mañana se fue al aeropuerto y dejó allí las maletas para el vuelo de la noche a Londres, en primera clase. Se comió una hamburguesa en la zona de restaurantes, se compró libros y se echó un perfume desconocido en el Duty Free.

12

Mediados de diciembre, 2016
San Francisco, California

El día previo a la caminata, Jule recibió una llamada de Brooke.

—¿Dónde estás? —rugió Brooke, sin decir ni hola—. ¿Has visto a Immie?

—No —Jule acababa de terminar un ejercicio. Se sentó en una banca fuera del gimnasio Haight-Ashbury.

—Le he mandado un millón de mensajes, pero no contesta —dijo Brooke—. No está conectada, ni en Snapchat, ni en Insta. Estoy a punto de enojarme, así que se me ocurrió llamarte para ver qué sabías.

—Immie no le contesta a nadie —dijo Jule.

—¿Dónde estás?

—En San Francisco —Jule no vio motivo alguno para mentir.

—¿Estás aquí?

—Espera, ¿estás TÚ aquí? —La Jolla, donde se suponía que estaba Brooke, estaba a ocho horas en coche de allí.

—Tengo amigos de la preparatoria que van a la universidad en San Francisco, así que vine y me registré en un hotel, pero resulta que hoy tienen trabajo o están en exámenes. Se suponía que iba a verme con Chip Lupton esta mañana, pero el tarado me dejó plantada. No me había escrito hasta que ya lo estaba esperando en un pasillo lleno de serpientes muertas.

—¿Serpientes muertas?

—Uf —se quejó Brooke—. Estoy en la Academia de las Ciencias. El maldito Lupton me dijo que quería ir a una exposición de herpetología. Quiero meterme con él, si no, nunca le habría dicho que sí. ¿Immie está en San Francisco contigo?

—No.

—¿Cuándo fregados es Hanukkah? ¿Se va a ir a casa para eso?

—Es ahora. No va a ir a casa a celebrarlo. Puede que se haya ido a Bombay. No estoy segura.

—Bueno, pues ven, ya que estás por aquí.

—¿A las serpientes?

—Sí. Dios, estoy aburrida. ¿Estás muy lejos?

—Tengo que…

—No digas que tienes cosas que hacer. Seguiremos escribiéndole a Immie y obligándola a volver con nosotras. ¿Hay cobertura en Bombay? Le podemos mandar un email si no. Ven a buscarme a la exposición de reptiles —dijo Brooke—. Tienes que hacer una reservación, te mandaré el número por mensaje.

Jule quería verlo todo. No había ido aún a la Academia de las Ciencias y, además, quería saber lo que Brooke sabía sobre la vida de Imogen después de Vineyard, así que tomó un taxi.

La Academia era un museo de historia natural lleno de huesos y taxidermia.

—Tengo una reservación para las dos en punto —le dijo Jule al hombre en el mostrador.

—Tu identificación, por favor.

Jule le enseñó la credencial de Vassar, y la dejó entrar.

—Tenemos alrededor de trescientos especímenes de ciento sesenta y seis países —dijo—. Disfruta la visita.

La colección estaba repartida en varias salas. El ambiente era mitad librería, mitad almacén. En las estanterías había botellas de cristal con animales conservados: serpientes, lagartos, sapos y muchas criaturas que Jule no supo identificar. Estaban todos cuidadosamente etiquetados.

Jule sabía que Brooke la esperaba, pero no le escribió para decirle que había llegado. En vez de eso, caminó despacio por los pasillos, sin hacer ruido con los zapatos.

Se aprendió los nombres de la mayoría de cosas que vio: *Xenopus leivis*, rana africana de uñas, *Crotalus cerastes*, crótalo cornudo, *Crotalus ruber,* serpiente de cascabel diamante rojo. Memorizó los nombres de víboras, salamandras, ranas extrañas y serpientes diminutas de islas lejanas.

Las víboras estaban enroscadas sobre sí mismas, suspendidas en un líquido sucio. Jule puso la mano sobre sus bocas venenosas y sintió el miedo dentro del cuerpo.

Cruzó la esquina y vio a Brooke sentada en el suelo en un pasillo, mirando una rana amarilla y robusta en una estantería baja.

—Te tardaste la vida —dijo Brooke.

—Me quedé con las serpientes —dijo Jule—; tienen tanta fuerza.

—No tienen fuerza, están muertas —dijo Brooke—. Están enroscadas dentro de botellas y nadie las quiere. Dios, ¿no es súper triste que, después de que te mueras, tus familiares te conserven en formol y te metan en una jarra gigante?

—Tienen veneno dentro —dijo Jule, que seguía hablando de las víboras—. Algunas pueden matar a un animal treinta veces más grandes que ellas. ¿No crees que sería genial tener un arma así dentro de ti?

—Son jodidamente feas —dijo Brooke—. No valdría la pena. Bueno, estoy harta de los reptiles, vamos a tomar un café.

En la cafetería, les sirvieron dos tazas diminutas de café muy amargo y helado italiano. Brooke le dijo a Jule que lo pidiera de vainilla y echaron el café sobre los platitos del helado.

—Se le llama de alguna manera —dijo Brooke—, pero no puse atención cuando fuimos a Italia. Lo tomamos en ese restaurante pequeño en una de esas plazas. Mi madre seguía contándome la historia de la plaza y mi padre estaba en su rollo de "¡Vamos a hablar italiano!", pero mi hermana y yo estábamos aburridas. Estuvimos así durante todo el viaje, de hueva, pero entonces, y esto ocurría casi todas las veces, nos traían la comida y a todos nos atacaba el hambre. ¿Has estado alguna vez en Italia? La pasta tiene un nivel que no lo creerías, te lo prometo. No debería ser legal —levantó el tazón y se bebió lo que quedaba de café—. Me voy a casa a cenar contigo.

No habían hablado todavía sobre Imogen, así que Jule le dijo que sí.

Compraron salchichas, pasta y salsa de tomate. Brooke tenía una botella de vino en la cajuela. En el departamento, Jule metió el montón de correspondencia en un cajón y escondió la cartera mientras Brooke se paseaba por el lugar.

—Bonito lugar —Brooke señaló los cojines de erizo y las jarras de canicas y piedras. Admiró el mantel estampado, las alacenas rojas de la cocina, las figuras decorativas y los libros que le pertenecían al anterior inquilino. Después abrió los cajones y llenó una cazuela con agua para la pasta.

—Necesitas un árbol de Navidad —dijo—. Bueno, ¿eres judía? No, ¿verdad?

—No soy nada.

—Todo el mundo es algo.

—No.

—No te pongas así, Jule. Yo soy holandesa de Pennsylvania por parte de madre e irlandesa católica y cubana por parte de padre. Eso no significa que sea cristiana, pero sí que tengo que volver a casa para Navidad y hacer como que le pongo atención a la Misa del Gallo. ¿Tú qué eres?

—Yo no celebro nada —Jule deseó que Brooke no insistiera. No tenía respuesta, no había una mitología que resonara detrás del origen de la heroína.

—Bueno, eso es un poco triste —dijo Brooke, abriendo la botella de vino—. Dime dónde ha estado Immie.

—Ella y yo vinimos aquí —dijo Jule—, pero sólo una semana. Después me dijo que se iba a París, se despidió y más tarde me escribió que París era una ciudad igual que Nueva York y que se iba a Bombay o, si no, a El Cairo.

—Sé que no se fue a su casa porque su madre me volvió a escribir —dijo Brooke—. Ah, y sé que dejó a Forrest. Me escribió que estaba lloriqueando como una niña chiquita y que le alegraba librarse de él, pero no me contó toda la situación. ¿Has hablado con ella del chico de la limpieza?

Ésa era la conversación que Jule quería tener, pero sabía que tenía que andarse con cuidado.

—Un poco. ¿Qué te ha dicho a ti?

—Me llamó el día después de irme de Vineyard y me dijo que todo había sido culpa suya y que se iba a Puerto Rico contigo a descansar —dijo Brooke.

—No nos fuimos a Puerto Rico —dijo Jule—, vinimos aquí.

—Me jode lo reservada que es —dijo Brooke—. La quiero, pero siempre está desconectada y con secretismos. Es súper molesto.

—Intenta ser real consigo misma en vez de complacer a la gente todo el tiempo —Jule salió a la defensa de Imogen.

—Bueno, no me importaría que intentara complacer a la gente un poco, la verdad —dijo Brooke—. De hecho, podría intentarlo bastante más, carajo.

Brooke se acercó hasta la televisión, como si acabara de decir las palabras definitivas sobre la persona de Imogen Sokoloff. Hizo un poco de zapping hasta que encontró una película antigua de Bette Davis que acababa de empezar.

—Vamos a verla —dijo. Se puso un segundo vaso de vino y sirvió la pasta.

Vieron la película, que era en blanco y negro. Todos llevaban ropas preciosas y se comportaban fatal entre ellos. Después de una hora, llamaron a la puerta.

Era Maddie, la propietaria del departamento.

—Necesito abrir el agua del lavabo del baño y después quitarla —dijo—. El plomero está abajo y quiere ayudarme a averiguar por qué está dando problemas.

—¿Puedes volver más tarde? —le preguntó Jule.

—El chico está en mi casa ahora mismo —respondió Maddie— sólo será un minuto, ni siquiera te darás cuenta de que estoy aquí.

Jule miró a Brooke. Tenía los pies sobre la mesita.

—Entra.

—Gracias, eres la mejor —Jule siguió a Maddie hasta el baño, donde la propietaria estuvo manipulando los grifos—. Con esto debería bastar —aseguró Maddie, volviendo a la puerta—. Ahora iré a comprobar si mi lavabo funciona, espero que no vuelva a pasar.

—Gracias —dijo Jule.

—No, gracias a ti, Imogen. Siento haberte molestado.

Mierda.

Mierda.

La puerta se cerró tras Maddie.

Brooke apagó la televisión. Tenía el teléfono en la mano.

—¿Qué dijo?

—Es hora de que te vayas a casa —dijo Jule—. Has bebido mucho, te pediré un taxi.

Jule mantuvo una breve charla con Brooke hasta que se metió al coche, pero tan pronto como el coche se fue, el teléfono de Immie vibró en su bolsillo.

Brooke Lannon: ¡Immie! ¿Dónde estás?

BL: Jule dice que en Bombay ¿O El Cairo?

BL: ¿Es verdad?

BL: Ah, y Vivian también fue una bruja conmigo, no puedo creer lo de ella e Isaac, o sea, no lo puedo creer, pero que se vayan a la chingada.

BL: Chip Lupton me tocó las tetas anoche y hoy me dejó plantada, así que PASO. Ojalá estuvieras aquí, aunque es una mierda que odies esto.

BL: Ah, y Jule le dijo a la casera que se llama Imogen. ????!!!!

Jule al final le respondió.

IS: Hola, aquí estoy.

BL: ¡Hola!

IS: ¿Chip te tocó las tetas?

BL: Te tienen que tocar las tetas para que te vuelvan a escribir, ja, ja.

BL: Bueno, las tetas son muy importantes.

Jule esperó un minuto y le escribió:

IS: Relájate con Jule, es mi mejor amiga.

IS: Le conseguí un departamento hasta que se instalara. Firmé el contrato, así que el casero piensa que soy yo. Está arruinada.

BL: No me convence. De alguna manera, no me cuadra. En serio, Jule deja que esta mujer LA LLAME "IMOGEN".

IS: No pasa nada.

BL: No sé, podría arruinarte y sé que te importa esa mierda. Además, es rara. ¿Hola? ¿Usurpación de identidad? Existe de verdad, no es sólo un mito urbano.

BL: Oye, ¿y dónde estás? ¿Bombay?

Jule no contestó. Nada de lo que pudiera decir importaba si Brooke estaba decidida a causar problemas.

11

Última semana de septiembre, 2016
San Francisco

Nueve semanas antes de que Brooke fuera a cenar, Jule voló desde Puerto Rico hasta San Francisco y reservó una habitación en el hotel Sir Frances Drake, en Nob Hill. El sitio estaba adornado con terciopelo rojo, candelabros y objetos rococó. Los techos estaban grabados. Jule usó la tarjeta de crédito de Imogen y su foto de la identificación. El recepcionista no dijo nada y la llamó señorita Sokoloff.

Jule tenía una suite en el último piso. En la habitación había sillones de cuero con tachuelas y una cómoda dorada. Empezó a sentirse mejor en cuanto vio todo.

Se dio un baño largo para quitarse el sudor del viaje y los recuerdos de Puerto Rico de la piel. Se frotó con fuerza con la esponja y se lavó el pelo dos veces. Se puso una piyama que nunca antes había usado y se durmió hasta que el dolor que corría por su cuello desapareció de una vez.

Jule pasó una semana en ese hotel. Sentía que estaba a salvo. Las paredes brillantes del hotel la protegían cuando lo necesitaba.

A final de la semana, vio una lista de departamentos, mandó algunos correos y fue a ver el de San Francisco. Maddie Chung se lo enseñó entero. Venía amueblado, pero no tenía los típicos muebles que te puedes esperar en un departamento de alquiler. Estaba lleno de esculturas raras y colecciones bonitas en jarras de cristal: botones, canicas y piedras preciosas dispuestas en estanterías para que les diera la luz. La cocina tenía anaqueles rojos y suelo de madera. Había platos de vidrio y sartenes grandes de hierro.

Con la llave en la mano, Maddie le explicó que había tenido un inquilino durante más de diez años, un hombre soltero que había muerto sin familiares.

—No teníamos a quién contárselo cuando murió, nadie vino a recoger sus cosas —dijo—, y tenía tan buen gusto y cuidaba tan bien de las cosas que pensé que lo rentaría amueblado, como un alquiler de vacaciones. Así la gente podría apreciarlo —tocó un vaso de canicas—. Ninguna tienda de segunda mano quiere esto.

—¿Por qué no tenía a nadie? —preguntó Jule.

—No lo sé. Tenía mi edad cuando murió. Cáncer de garganta. No pude encontrar a ningún pariente cercano. No había dinero. Puede que se cambiara de nombre o que se enojara con sus amigos. Suele ocurrir —se encogió de hombros. Estaban en la puerta—. ¿Viene alguien contigo para ayudarte con la mudanza? —preguntó Maddie—. Te lo digo porque me gustaría estar en casa si la puerta del edificio va a estar abierta todo el día, pero podemos organizarnos sin problema.

Jule movió la cabeza.

—Sólo tengo una maleta.

Maddie la miró con cariño y le sonrió.

—Estás en tu casa, Imogen. Espero que seas feliz aquí.

Hola, mamá y papá:

Me fui de Martha's Vineyard hace poco más de una semana y ahora estoy de viaje. ¡No sé a dónde voy a ir! Puede que a Bombay o a París o a El Cairo.

La vida en la isla estuvo tranquila y algo apartada del resto del mundo. Todo avanza a un ritmo lento. Siento mucho no haberles escrito. Sólo necesitaba descubrir cómo soy sin escuela, sin familia y sin nada más que me defina. ¿Tiene sentido?

Anduve con alguien en Martha's Vineyard. Se llamaba Forrest, pero tronamos y quiero ver mundo.

Por favor, no se preocupen por mí. Viajo con cuidado y cuido mucho de mí misma.

Han sido siempre unos padres estupendos. Pienso en ustedes cada día.

Con cariño,

Imogen

Una vez tuvo instalado el wifi en el departamento de San Francisco, Jule mandó ese mensaje por correo desde la cuenta de Imogen.

También le escribió a Forrest. Utilizó las palabras favoritas de Immie, su estilo, su tono, sus "algo así" y "puede ser".

Hola, Forrest:

Es difícil escribir este mensaje, pero tengo que decírtelo: no voy a volver. La renta está cubierta hasta finales de septiembre, así que, mientras te vayas antes del 1 de octubre, no pasa nada.

No quiero volver a verte. Me voy. Bueno, ja. Ya me fui.

Me merezco a alguien que no me infravalore. Admítelo, tú lo haces porque eres un hombre y yo una mujer, porque soy más pequeña que tú, porque soy adoptada y porque, aunque no te guste decirlo, valoras el linaje. Crees que eres superior porque dejé la universidad y tú no, y piensas que escribir una novela es más importante que cualquier cosa que a mí me guste o quiera hacer con mi vida.

La verdad es, Forrest, que soy yo la que tiene el poder. Tengo la casa, el coche, pago las facturas. Soy una mujer adulta, Forrest. Y tú no eres más que un niñito titulado y dependiente.

Bueno, me fui. Pensé que deberías saber por qué.

Imogen

Forrest contestó. Estaba triste y arrepentido, enojado, suplicante.

Jule no respondió. En vez de eso, le mandó a Brooke dos videos de gatitos y un mensaje corto.

IS: Rompí con Forrest. Debe de sentirse como el gatito triste de rayas.

IS: Yo me siento como el gato suave naranja (muy aliviada).

Brooke respondió:

BL: ¿Has oído algo de Vivian?

BL: ¿O de alguien de Vassar?

BL: ¿Immie?

BL: Porque me enteré por Caitlin (Caitlin Moon, no Caitlin Clark) de que

BL: Vivian está saliendo con Isaac ahora.

BL: Pero no creo nada de lo que dice Caitlin Moon.

BL: Así que puede que no sea verdad.

BL: Metí un poco de mierda.

BL: Espero que no te moleste.

BL: A mí me encabrona por ti.

BL: Pero ¡adiós, Forrest! Immie, puedes conseguir algo mejor.

BL: Dios Mío, La Jolla es muy aburrida, la la la, ¿por qué no me respondes?

Respóndeme, bruja.

Más tarde, ese mismo día, llegó un mensaje de Vivian diciendo que estaba enamorada de Isaac Tupperman y que esperaba que Imogen lo entendiera porque el corazón no entiende de razones.

Los días posteriores, Jule empezó a vivir tal y como lo haría Immie. Una mañana llamó a la puerta de Maddie Chung con un café del bar de abajo.

—Pensé que necesitarías un café.

La cara de Maddie se iluminó. Invitó a Jule a que pasara y conociera a su mujer, de pelo canoso y vestido elegante, que se iba corriendo a "dirigir una empresa", dijo Maddie. Jule le preguntó si podía ver la librería y la propietaria la condujo hasta allí en un Volvo.

La tienda de Maddie era pequeña y desordenada, pero se estaba a gusto. Vendía libros usados y libros nuevos. Jule compró dos novelas victorianas cuyos autores no estaba segura de que Immie hubiera leído: Gaskell y Hardy. Maddie le recomendó *El corazón de las tinieblas* y *Dr. Jekyll y Mr. Hyde*, aparte de un libro escrito por un chico llamado Goffman titulado *La presentación de la persona en la vida cotidiana*. Jule también los compró.

En otra ocasión, Jule fue a exposiciones que le recomendó Maddie. Pensando en Imogen, Jule aminoraba el paso y dejaba vagar su mente.

Immie no habría prestado mucha atención en ningún museo, no habría intentado aprender sobre la historia del arte ni memorizar fechas.

No, Immie habría caminado despacio, dejando que el espacio se adueñara de su estado de ánimo. Se habría detenido para apreciar la belleza, para existir sin esfuerzo.

Ahora había mucho de Immie en Jule. Eso era un consuelo.

10

Tercera semana de septiembre, 2016
Isla Culebra, Puerto Rico

Una semana antes de mudarse a San Francisco, Jule se emborrachó en Isla Culebra. Nunca se había emborrachado antes.

Culebra es un archipiélago cerca de la costa de Puerto Rico. En la isla principal, hay caballos salvajes por las carreteras y hoteles caros a la orilla de la playa, pero el centro histórico no interesa mucho a los turistas. La isla es conocida por el buceo, y hay una pequeña comunidad de estadounidenses expatriados viviendo allí.

Eran las diez de la noche. Jule conocía el bar, en el que entraba el aire por la noche a través de una ventana. Había ventiladores blancos y sucios zumbando en las esquinas. El sitio estaba lleno de estadounidenses; algunos eran turistas, pero casi todos eran expatriados habituales. El mesero no le pidió su identificación a Jule; nadie la pedía en Culebra.

Esa noche, Jule había pedido un Kahlúa con crema. Un hombre que había conocido antes estaba unos asientos más allá. Era un hombre blanco con barba, de unos cincuenta y cinco años. Llevaba una camisa hawaiana y tenía la frente quemada. Hablaba con acento de la Costa Oeste... Portland, le había dicho a Jule. No sabía cómo se llamaba. Con él estaba una mujer de la misma edad que tenía el pelo ondulado y canoso. Su camiseta rosa, que enseñaba el escote, no combinaba muy bien con la falda estampada y las sandalias que llevaba. Empezó a comer galletitas saladas de un cuenco de la barra.

Le sirvieron la bebida a Jule, que se la tomó de un trago y pidió otra. La pareja discutía.

—Esa puta con corazón de oro: ella es mi mayor problema —dijo la mujer, que tenía acento del sur, puede que de Tennessee o de Alabama. Hogareño.

—Sólo era una película —respondió el hombre.

—La novia perfecta es una puta que te lo hace gratis, es asqueroso.

—No sabía que iba a ser así —dijo el hombre—, ni siquiera sabía que te había molestado hasta que llegamos aquí caminando. Manuel dijo que era una buena película. No es para tanto.

—Denigra a la mitad de la población, Kenny.

—Yo no te obligué a verla. Además, en una de ésas me hace abrir la mente respecto a la prostitución —Kenny se rio entre dientes—. No deberíamos menospreciarla por su trabajo.

—Se supone que se llama trabajo sexual —dijo el mesero, guiñándole un ojo—, no prostitución.

Jule se terminó la copa y pidió otra.

—Sólo había cosas que explotaban y un chico con un traje rojo —dijo Kenny—. Sales demasiado con esas amigas del club de lectura. Siempre te pones muy sensible después de estar con ellas.

—Ay, vete a la mierda —dijo la mujer, con cariño—. Estás celoso de mis amigas del club de lectura.

Kenny se dio cuenta de que Jule los miraba.

—Eh —dijo, levantando la cerveza.

Jule sintió los tres Kahlúas mareándola como una ola húmeda. Le sonrió a la mujer.

—Es tu mujer —dijo, con voz ronca.

—Soy su novia —dijo la mujer.

Jule inclinó la cabeza.

Ya era de noche. Kenny y su chica hablaban con ella y Jule se reía. Le dijeron que debía comer algo.

No podía comer. Las papas fritas estaban demasiado saladas.

Kenny y su chica seguían hablando de películas. La mujer odiaba al tipo del traje rojo.

¿Quién era ese tipo? ¿Tenía un mapache? Era amigo de un árbol. No, de un unicornio. El chico de piedra estaba siempre triste. Estaba atrapado, era una piedra todo el tiempo, así que nadie lo quería. Entonces apareció uno que no decía quién era. Era viejo, pero tenía buen cuerpo y un esqueleto de metal. Espera, espera. Hay un chico azul también. Y una mujer desnuda. Dos personas azules. De repente, Jule estaba en el suelo del bar.

No sabía cómo había llegado allí. Le dolían las manos, le pasaba algo en las manos. Le sabía la boca a algo raro, como a dulce. Demasiado Kahlúa.

—¿Te quedas en Del Mar, el resort que está subiendo la calle? —le preguntó la novia de Kenny a Jule.

Jule asintió.

—Deberíamos acompañarla, Kenny —dijo. Estaba en cuclillas en el suelo al lado de Jule—. Esta carretera no está iluminada. La podrían atropellar.

Salieron a la calle. Kenny ya no estaba con ellas. La mujer agarraba el brazo de Jule. Acompañó a Jule por la carretera oscura hasta donde alumbraban los faroles del Hotel Del Mar.

—Necesito contarte una historia —dijo Jule, en voz alta. Tenía que contarle cosas a la novia de Kenny.

—¿Ahora? —dijo la mujer—. Cuidado con los pies ahí. Está oscuro.

—Es una historia sobre una chica —dijo Jule—. No, una historia sobre un chico. Hace mucho. Ese chico empujó a una chica que conocía contra una pared. A otra chica, no a mí.

—Ajá.

Jule sabía que no se lo estaba contando tal y como lo necesitaba, pero lo estaba haciendo. Ahora no iba a parar.

—Se portó de una manera muy fea con esa chica en una calle detrás del supermercado, por la noche. ¿Sabes? ¿Sabes lo que quiero decir?

—Creo que sí.

—Esa chica lo conocía del barrio y volvió allí con él cuando se lo pidió porque era guapo. Esa estúpida no sabía decir que no de una manera correcta, sin usar los puños. O puede que no le importara lo que ella dijera porque no escuchaba. Ten en cuenta que esa chica no tenía fuerza ni sabía. Tenía una bolsa de plástico llena de leche y donas.

—¿Eres del sur, cariño? —dijo la mujer—. No me había dado cuenta antes. Soy de Tennessee. ¿Tú de dónde eres?

—No le dijo a ningún adulto lo que había pasado, pero sí se lo contó a algunas amigas en el baño. Así me enteré.

—Ajá.

—Ese chico, ese mismo chico, caminaba hacia su casa una noche. Venía del cine. Dos años más tarde. Yo tenía dieciséis y, ya sabes, estoy en forma. ¿Sabías eso de mí? Estoy en forma. Así que una noche fui al cine y lo vi. Lo vi mientras iba a casa. No debería estar sola en la calle, es lo que diría mucha gente, pero lo estaba. Ese chico tampoco debería haber estado solo.

Todo aquello de repente le hizo gracia. Jule sintió que necesitaba dejar de caminar para reírse. Se detuvo y esperó que llegara la carcajada. Pero no llegó.

—Tenía un licuado en la mano —continuó—, de esos que compras en el cine. Zapatos de tacones con tiras. Era verano. ¿Te gustan los zapatos bonitos?

—Tengo juanetes —dijo la mujer—. Vamos, sigue caminando.

Jule reanudó el paso.

—Me quité los zapatos y grité el nombre del chico. Le conté una mentirilla sobre que necesitaba un taxi, allí, en esa esquina oscura. Le dije que tenía el celular sin batería y que si podía ayudarme. Pensó que era inofensiva. Tenía un zapato en una mano y la bebida en la otra. El otro zapato estaba en el suelo. Se acercó. Le tiré el licuado en la cara con la mano izquierda y lo golpeé con el tacón. Le di en la sien.

Jule esperó que la mujer dijera algo, pero se quedó en silencio. Seguía agarrando el brazo de Jule.

—Me dio en la cintura, pero le di un rodillazo en la mandíbula y después lo golpeé de nuevo con el zapato. Le di justo en la parte superior de la cabeza, en la parte blanda —parecía importante explicar exactamente dónde le había dado con el zapato—. Le di con el zapato una y otra vez.

Jule se paró y obligó a la mujer a que le viera a la cara. Estaba muy oscuro. Sólo podía ver las patas de gallo de la mujer, pero no los ojos.

—Se quedó tirado con la boca abierta —dijo Jule—. Le salía sangre de la nariz. Parecía muerto, señora. No se levantaba. Miré la calle; era tarde y ningún porche tenía la luz prendida. No estaba segura de que estuviera muerto. Agarré el licuado y el zapato y me fui a casa. Agarré todo lo que llevaba puesto y lo metí en una bolsa de basura. Por la mañana hice como que iba a la escuela.

Jule dejó caer los brazos. De repente se sentía cansada, mareada y vacía.

—¿Estaba muerto? —preguntó la novia de Kenny.

—No, señora, no estaba muerto —dijo Jule, despacio—. Busqué su nombre en internet. Lo busqué cada día y nunca aparecía, excepto en un periódico local, al lado de una fotografía. Había ganado un concurso de poesía.

—¿En serio?

—Nunca dijo lo que había pasado. Esa noche supe quién era yo —le dijo Jule a la novia de Kenny—. Supe lo que era capaz de hacer. ¿Me entiendes?

—Me alegra que no se muriera, cariño. Creo que no estás acostumbrada a beber.

—Nunca bebo.

—Escucha. Me pasó algo, hace muchos años —dijo la mujer—, como a esa chica de la que hablas. No me gusta hablar de eso, pero es verdad. He trabajado en eso y ahora estoy bien, ¿me oyes?

—Sí, está bien.

—Pensé que querrías saberlo.

Jule miró a la mujer. Era guapa y Kenny muy afortunado.

—¿Sabes el nombre real de Kenny? —preguntó Jule—. ¿Cuál es el nombre real de Kenny?

—Déjame acompañarte a la habitación —dijo la mujer—. Debo asegurarme de que llegas bien.

—Ahí fue cuando sentí a la heroína que llevo dentro —dijo Jule.

Después de aquello, estaba en su habitación y todo se puso negro.

Jule se despertó la mañana siguiente con ampollas: tenía cuatro en cada mano, infectadas, con pus en las palmas, justo debajo de los dedos.

Se tumbó en la cama y se las miró. Se inclinó para agarrar el anillo de jade de la mesita de noche, pero no le entraba porque tenía el dedo demasiado hinchado.

Se reventó las ampollas y dejó que el líquido manchara la sábana blanca del hotel; la piel se curaba más rápido de esa manera.

Pensó que ésa no era una película sobre una chica que rompe con su estúpido novio, ni tampoco sobre una chica que rompe con su madre controladora. No se trataba de un héroe blanco maravilloso que ama a la mujer que necesita salvar o que se alía con una mujer con menos poder vestida con un traje ajustado.

"Soy el centro de la historia ahora", se dijo Jule a sí misma. No tengo que pesar poco, llevar poca ropa o tener los dientes perfectos.

"Soy el centro."

En cuanto se incorporó, le dieron náuseas. Jule corrió hacia el baño y colocó las manos llenas de ampollas sobre el suelo helado del baño e intentó vomitar en el escusado, sin conseguirlo.

Nada, absolutamente nada. Las náuseas continuaron durante lo que parecieron horas; la garganta se le comprimía y relajaba. Se pasó una toalla por la cara, empapándola, y se acurrucó sobre ella misma, temblando y jadeando.

Finalmente se tranquilizó.

Jule se levantó. Se preparó un café y se lo tomó; después abrió la maleta de Immie.

Ahí estaba la cartera de Immie. Tenía un millón de bolsillitos y un broche de plata. Adentro había tarjetas de crédito, recibos, una credencial de la biblioteca de Martha's Vineyard, otro de Vassar, una tarjeta del comedor de Vassar, una de Starbucks, la tarjeta del seguro social y la tarjeta de acceso de la habitación de hotel de Immie y seiscientos doce dólares en efectivo.

Jule abrió una caja de Immie que había llegado el día anterior. Dentro había ropa de una tienda enviada por correo: cuatro vestidos, dos camisas, un par de jeans y un top de seda. Cada prenda era tan cara que Jule se puso la mano sobre la boca de manera involuntaria cuando miró las etiquetas.

El cuarto de Immie estaba en la habitación de al lado y Jule tenía la tarjeta de acceso. La habitación estaba limpia. Adentro del baño, había un neceser sucio en el lavabo. En él, Jule encontró el pasaporte de Imogen además de una cantidad sorprendente de tubitos de maquillaje desorganizados. Del toallero colgaba un brasier beige horroroso. También había una cuchilla de afeitar con pelos.

Jule agarró el pasaporte de Immie y puso la fotografía al lado de su propia cara enfrente del espejo. La diferencia de altura era sólo de un par de centímetros. Los ojos constaban como verdes. El pelo de Immie era más claro y el peso de Jule era bastante mayor, pero era todo músculo y no se notaba debajo de cierta ropa.

Sacó las credenciales de Vassar de la cartera de Immie y las miró. La credencial del comedor mostraba el cuello largo de Immie y los tres aretes de la oreja. La de estudiante era más pequeña y borrosa. No se veía la oreja, así que Jule podría usar ésa sin problemas.

Cortó la credencial del comedor en trocitos pequeños con unas tijeras de uñas y tiró los pedacitos al escusado.

Después se depiló las cejas finas, como las de Immie, se cortó el fleco con las tijeras de uñas y encontró su colección de anillos vintage grabados: el zorro de amatista, la silueta, el pato grabado en madera, el de zafiro con un abejorro, el elefante de plata, el conejo de plata saltarín y la rana verde de jade. No le entraban en los dedos hinchados.

Pasó los siguientes días investigando los documentos de la computadora de Immie. Jule usaba las dos habitaciones, que tenían aire acondicionado, y algunas veces abría la puerta de la terraza para dejar que el calor espeso cayera sobre ella. Comía tortitas con pepitas de chocolate y bebía jugo de mango que pedía al servicio de habitaciones.

El banco de Immie y las cuentas de inversión reunían un total de ocho millones de dólares. Jule memorizó los números y las contraseñas, así como los números de teléfono y las direcciones de correo electrónico.

Se aprendió la firma de Imogen, que aparecía en el pasaporte y en las solapas interiores de sus libros. Se aprendió la letra de Immie por un cuaderno que tenía lleno de garabatos y listas del súper. Después de crear una firma electrónica, encontró el nombre del abogado de la familia de Immie. Le dijo que ella (Immie) iba a viajar mucho durante el siguiente año por el mundo. Quería hacer un testamento: el dinero se lo iba a dejar a una amiga que no tenía mucho, una amiga que era huérfana y que había perdido la beca escolar: Julietta West Williams. También les iba a dejar dinero a la

Liga Animal de la Costa Norte y a la Fundación Nacional del Riñón.

Al abogado le llevo unos días dedicarse a eso, pero prometió organizarlo todo sin ningún problema. Imogen Sokoloff era adulta ante la ley.

Echó un vistazo a la forma de escribir de Immie en los emails y en Instagram: la manera en que se despedía, el modo en que redactaba los párrafos, las expresiones que usaba. Cerró todas las cuentas de Immie de las redes sociales. También estaban inactivas. Desetiquetó a Immie de todas las fotografías que vio. Se aseguró de que todas las tarjetas de crédito de Immie estuvieran domiciliadas en sus cuentas bancarias y reestableció todas las contraseñas usando el correo electrónico de Immie.

Leyó el periódico local de Culebra en búsqueda de noticias, pero no había nada.

Jule compró tinte para el pelo en un supermercado y, con cuidado, se pintó mechas con un cepillo de dientes. Se puso a ensayar cómo sonreír sin enseñar los dientes. Tenía un dolor agudo en un lado del cuello que no parecía que fuera a desaparecer.

Finalmente, el abogado le mandó un modelo de testamento. Jule lo imprimió en el despacho del hotel, metió los papeles en la maleta y decidió que ya había esperado suficiente. Compró un boleto a San Francisco bajo el nombre de Imogen y confirmó la salida del hotel de ambas.

9

Segunda semana de septiembre, 2016
Isla Culebra, Puerto Rico

Dos semanas y media antes de salir hacia San Francisco, Jule se sentó al lado de Imogen en la parte de atrás de un taxi todoterreno que daba brincos por la carretera camino al aeropuerto de Culebra. Immie había reservado el hotel.

—Vine aquí con la familia de mi amiga Bitsy Cohan cuando teníamos doce años —dijo Immie señalando la isla que las rodeaba—. Bitsy tenía la mandíbula inmovilizada por un accidente de bici. Me acuerdo que bebía daiquiris sin alcohol todo el día y no comía. Una mañana, fuimos en barco a esa isla diminuta llamada Culebrita donde había unas rocas negras volcánicas que no había visto en mi vida. Buceamos, pero la mandíbula de Bitsy daba problemas a la hora de hacerlo, así que estaba de bastante mal humor.

—A mí me la inmovilizaron una vez —dijo Jule. Era cierto, pero al decirlo se arrepintió. No era una historia divertida.

—¿Qué pasó? ¿Te caíste de la moto de uno de tus novios de Stanford? ¿O el cabrón del entrenador de tu equipo de atletismo te tendió una trampa?

—Fue una pelea en un vestidor —mintió Jule.

—¿Otra? —Immie parecía realmente decepcionada.

—Bueno, ESTÁBAMOS desnudas —dijo Jule, para entretenerla.

—No te creo.

—Después del entrenamiento, en el último año de prepa. Una pelea, totalmente desnudas, en las regaderas, tres contra una.

—Como una película porno en la cárcel.

—No tan sexy, me rompieron la maldita mandíbula.

—Caballos —dijo el conductor, señalando con seguridad. Un grupo de tres caballos salvajes con pieles lanudas estaban parados en mitad de la carretera. El conductor tocó el claxon.

—¡No les pites! —dijo Imogen.

—No están asustados —dijo el conductor—. Mira —les pitó de nuevo y los caballos se movieron lentamente, algo molestos.

—Te gustan más los animales que las personas —dijo Jule.

—La gente es imbécil, y la historia que acabas de contar lo demuestra —Imogen sacó un paquete de pañuelos de la mochila y usó uno para limpiarse la frente—. ¿Cuándo has visto a un caballo ser un imbécil? ¿O a una vaca? Nunca lo son.

El conductor habló desde la parte delantera del coche.

—Las serpientes son unas cabronas.

—No lo son —dijo Immie—. Las serpientes intentan sobrevivir como todos los demás.

—No las que muerden —dijo—. Son malas.

—Las serpientes muerden cuando están asustadas —dijo Immie, inclinándose hacia delante—. Muerden si necesitan protegerse a sí mismas.

—O si tienen que comer —dijo el conductor—. Seguramente muerden algo una vez al día. Odio a las serpientes.

—Para un ratón es mucho mejor morir por el mordisco de una víbora que por un gato, por ejemplo. Los gatos juegan con sus presas —dijo Immie—. Las golpean, dejan que se escapen y después las vuelven a atrapar.

—Entonces los gatos son unos cabrones —dijo el conductor.

Jule se rio.

Se detuvieron enfrente del hotel. Immie pagó al conductor con dólares estadounidenses.

—Yo defiendo a las serpientes —dijo Imogen—. Me gustan. Gracias por el viaje.

El taxista sacó las maletas de la cajuela y se marchó.

—No te gustarían las serpientes si te encontraras con una —dijo Jule.

—Sí me gustarían. Me gustaría y la convertiría en mi mascota. Me la enroscaría en el cuello como si fuera un collar.

—¿Una serpiente venenosa?

—Claro. Aquí estoy contigo, ¿no? —Imogen pasó su brazo alrededor de Jule—. Te doy de comer ratones deliciosos y otros bocadillos de serpientes y te dejo descansar sobre mis hombros. Alguna que otra vez, cuando es totalmente necesario, puedes ahogar a mis enemigos hasta la muerte mientras estés desnuda. ¿Qué tal?

—Las serpientes siempre están desnudas —dijo Jule.

—Eres una serpiente especial, la mayor parte del tiempo traes ropa.

Immie caminó hacia el vestíbulo del hotel con ambas maletas.

El hotel era bastante glamoroso en términos turísticos, de color azul turquesa. Había plantas y flores brillantes por todas partes. Jule e Imogen tenían habitaciones contiguas. Había dos albercas diferentes y una playa que llegaba hasta un amplio arco blanco con un embarcadero al otro lado. El menú consistía en pescado y frutas tropicales.

Después de deshacer las maletas, se vieron para cenar. Immie parecía renovada y agradecida por estar comiendo una cena tan increíble. No mostraba rasgo alguno de pena o culpa; sólo existía.

Más tarde, fueron andando por la carretera hasta un sitio que internet describía como un bar de expatriados. La barra estaba en el centro, donde había un mesero, y se sentaron en unos taburetes de mimbre. Immie pidió un Kahlúa con crema y Jule una coca light con jarabe de vainilla. La gente charlaba. Immie se juntó a un tipo blanco mayor con camisa hawaiana que les contó que había vivido en Culebra durante veintidós años.

—Tenía un pequeño negocio de marihuana —dijo—. Solía cultivarla en mi vestidor con la luz artificial y después la vendía. Era en Portland. Nunca pensarías que aquello le importaría a alguien de allí, pero los polis me agarraron y cuando quedé libre bajo fianza, tomé un vuelo hasta Miami. Desde allí subí a un barco hasta Puerto Rico y desde allí el ferry hasta aquí —le hizo un gesto al mesero para que le sirviera otra cerveza.

—¿Eres un fugitivo? —preguntó Immie.

Resopló.

—Piénsalo de esta manera: no creía que lo que había hecho fuera un crimen, así que tampoco merecía las consecuencias. Me mudé, no estaba huyendo. Todo el mundo aquí me conoce, pero no sabe el nombre que aparece en mi pasaporte, eso es todo.

—¿Y cuál es ese nombre? —preguntó Jule.

—No te lo voy a decir —rio—, igual que no se lo digo a ellos. A nadie le importa algo así.

—¿A qué te dedicas? —preguntó Jule.

—Hay muchos estadounidenses y puertorriqueños con dinero que tienen casas de veraneo aquí. Yo se las cuido y pagan en efectivo. Seguridad, arreglos, ese tipo de cosas.

—¿Y tu familia? —preguntó Immie.

—No tengo mucha. Aquí tengo una amiga. Mi hermano sabe dónde estoy. Viene a visitarme una o dos veces.

Imogen arrugó la frente.

—¿Alguna vez has querido volver?

El hombre movió la cabeza.

—Nunca pienso en eso. Cuando te vas bastante lejos, no queda mucho por lo que volver.

Pasaron los tres días siguientes sentadas en la alberca con forma de curva, rodeada por sombrillas y camastros color turquesa. Jule estaba enganchada a Imogen. Leían, Imogen veía videos de cocina en YouTube, Jule entrenaba en el gimnasio, Imogen iba al spa a darse tratamientos, nadaban y caminaban por la playa.

Imogen bebía mucho. Hacía que los meseros le llevaran margaritas al borde de la alberca, pero no parecía triste. El sentimiento mágico al escaparse de Martha's Vineyard se iba diluyendo según pasaban los días. Hasta donde Jule sabía, habían triunfado. Aquélla era la vida que Imogen había descrito que quería, libre de ambición y expectativas, con nadie a quien complacer y nadie a quien decepcionar. Las dos existían, simplemente, y los días pasaban despacio y sabían a coco.

La cuarta noche, ya tarde, Jule e Immie se sentaron en el jacuzzi con los pies adentro, tal y como habían hecho tantas noches en la casa de Imogen en Vineyard.

—Quizá debería volver a Nueva York —dijo Imogen, pensativa—. Debería ir a ver a mis padres.

Hacía un rato que habían cenado. Tenía un margarita en un vaso de plástico con una tapa y un popote.

—No —dijo Jule—. Quédate aquí conmigo.

—¿El tipo del bar de la otra noche? Dijo que cuanto más tiempo pasa sin que vuelvas, menos hay para volver —Imogen se levantó y se quitó la camisa y los pantalones. Llevaba un traje de baño gris con una argolla de oro en el pecho y un profundo escote. Se metió poco a poco en el jacuzzi—. No quiero que me quede nada pendiente con mi madre y con mi padre, pero odio estar allí. Me ponen tan triste. La última vez que estuve en casa, ¿te lo conté? ¿Lo de las vacaciones de Navidad?

—No.

—Me fui de la facultad y estaba feliz. Había suspendido ciencias políticas, Brooke y Vivian estaban peleándose todo el tiempo, Isaac me había dejado y cuando llegué a casa, mi padre estaba peor de lo que esperaba. Mi madre lloraba todo el tiempo. Mi miedo estúpido al embarazo, el drama de los amigos, los problemas con el novio y las calificaciones malas… Era todo demasiado trivial como para mencionarlo. Mi padre se encogía sobre sí mismo, respirando desde un tanque de oxígeno. La mesa de la cocina estaba llena de botes de pastillas. Un día me agarró del brazo y me susurró: "Trae a tu viejo un *babka*".

—¿Qué es un *babka*?

—¿Nunca te has comido un *babka*? Es como un rol de canela enrollado cuarenta veces.

—¿Le llevaste uno?

—Salí y le compré seis *babkas* y le di uno cada día hasta que se acabaron las vacaciones de Navidad. Era lo único que podía hacer por él cuando realmente no había nada que hacer… Entonces, la mañana que me fui, mientras mi madre me llevaba en coche a Vassar, me entró el miedo: no quería ver a Vivian ni a Brooke ni a Isaac; la universidad me parecía algo inútil, como si fuera una escuela de modales donde me enseñaban a ser el tipo de hija que mi madre quería, o el tipo de novia que quería Isaac, pero para nada lo que yo quería ser. En cuanto se fue, llamé a un taxi y me fui a Vineyard.

—¿Por qué allí?

—Una salida. Habíamos estado allí de vacaciones cuando era pequeña. Los primeros días, dejé que se le gastara la batería a mi teléfono, no quería contestarle a nadie. Sé que suena egoísta, pero tenía que hacer algo radical. Con mi padre así de enfermo, no había hablado con nadie de mis problemas. La única manera en la que podía entenderme a mí misma era intentar descubrir lo que era la vida LEJOS. Sin toda esa gente esperando cosas de mí, decepcionadas. Y entonces me quedé. Llevaba viviendo un mes en el hotel cuando me di cuenta de que no iba a volver. Les escribí a mis papás diciéndoles que estaba bien y alquilé la casa.

—¿Cómo reaccionaron?

—Mil millones de correos y mensajes: "Por favor, vuelve a casa, sólo unos días, te pagaremos el avión". "Tu padre quiere saber por qué no le devuelves las llamadas." Ese tipo de cosas. La diálisis de mi padre les impedía venir a Vineyard, pero me acosaban, literalmente —Immie suspiró—. Bloqueé los mensajes y dejé de pensar en ellos. Apagar esos pensamientos parecía algo mágico. Ser capaz de no pensar en ellos, de algún modo, me salvó. Puedo ser una persona horrible, pero me sentaba tan bien, Jule, no sentirme culpable durante más tiempo.

—No creo que seas una persona horrible —dijo Jule—. Querías cambiar tu vida y tenías que hacer algo extremo para convertirte en la persona en la que te estás convirtiendo.

—Exactamente —Immie tocó la rodilla de Jule con la mano mojada—. ¿Y tú qué? —aquél era el patrón habitual de Imogen, hablar durante un tiempo hasta que resolvía minuciosamente una idea y entonces, cansada, preguntaba algo.

—Yo no voy a volver —dijo Jule—. Nunca.

—¿Es tan malo volver a casa? —preguntó Immie, buscando la cara de Jule.

Jule pensó durante un segundo que alguien podría quererla y que ella podría quererse a sí misma y merecerlo. Immie entendería todo lo que Jule dijera en ese momento. Todo.

—Somos iguales —se aventuró—. No quiero ser la persona que era cuando crecía. Quiero ser la persona que está aquí, ahora. Contigo —era una verdadera declaración.

Immie se inclinó y le besó la mejilla.

—Todas las familias del mundo están jodidas.

Las palabras de Jule salieron a toda prisa de su boca.

—Somos familia la una de la otra. Soy la tuya y tú puedes ser la mía.

Esperó. Miró a Immie.

Se suponía que Imogen debía responder que serían amigas para siempre y que sí, que eran familia.

Habían hablado de cosas tan íntimas que se suponía que Imogen debía prometerle que nunca la dejaría como había dejado a Forrest, como había dejado a su madre y a su padre.

En vez de eso, Immie sonrió ligeramente. Después salió del jacuzzi y caminó hacia la alberca con aquel traje de baño gris. Sonrió al grupo de adolescentes que se hacían los payasos en la parte que menos cubría. Eran chicos estadounidenses.

—Oigan, chicos. ¿Alguno me quiere traer una bolsa de papas o de galletitas saladas del bar de adentro? —dijo Immie—. Tengo los pies mojados, no quiero manchar el suelo.

Estaban más mojados que ella, pero uno de ellos salió de un salto de la alberca y se secó con la toalla. Era delgado y estaba lleno de granos, pero tenía buenos dientes y un cuerpo largo y estrecho, de esos que le gustaban a Immie.

—A su servicio —dijo, con una sonrisa tonta.

—Eres un príncipe entre los hombres.

—¿Ven? —el chico les gritó a sus amigos de la alberca—. Soy un príncipe.

¿Por qué tenía Immie que encandilar a todo el mundo? Era un simple grupo de chicos con poco que ofrecer, pero Immie hacía ese tipo de cosas cada vez que la conversación se ponía intensa. Se giraba y mostraba su luz a gente nueva, gente que se sentía afortunada porque ella la hubiera visto. Lo había hecho al dejar tirados a sus amigos en Greenbriar por otros nuevos que iban al colegio Dalton. Lo había hecho al abandonar a su padre enfermo y a sus amigos de Dalton para irse a Vassar, y al marcharse de Vassar para irse a Martha's Vineyard. Había dejado a Forrest y Martha's Vineyard por Jule, pero Jule no era suficiente, al parecer. Immie necesitaba nuevos admiradores.

El chico compró varias bolsas de papas fritas e Imogen se sentó en un camastro mientras comía y le preguntaba cosas.

¿De dónde eran? "Maine."

¿Cuántos años tenían? "¡Suficientes, ja, ja!"

No, en serio, ¿cuántos? "Dieciséis."

La risa de Imogen resonó por toda la alberca. "¡Niños!"

Jule se levantó y se puso los zapatos. Había algo de esos chicos que le ponía los pelos de punta. Odiaba la manera en la que competían para entretener a Imogen, tirándose al agua y enseñando los músculos en la alberca. No quería hablar con un grupo de adolescentes arrastrados. Dejaría que Imogen alimentara su ego si lo necesitaba.

A la mañana siguiente, Jule quiso alquilar un barco para ir a Culebrita, esa isla pequeñita con rocas negras volcánicas, una reserva natural con playas. Immie había hablado de ella el primer día. Se podía ir en taxi acuático, pero había que esperar a que llegara para recoger a los pasajeros. Era más bonito ir por cuenta propia para así poder marcharse cuando uno quisiera. El conserje le dio a Jule el teléfono de un tipo que alquilaba una lancha.

Immie no vio la necesidad de ir por su cuenta cuando alguien podía llevarlas. No veía necesidad alguna de ir a Culebrita: ya la conocía y el agua estaba más clara aquí, donde había un restaurante, dos albercas climatizadas y gente con la que hablar.

Pero Jule no podía aguantar ni un día más con esos adolescentes pesados, pequeños fanfarrones. Jule quería ir a Culebrita y ver las famosas rocas negras y subir hasta el faro.

El chico de la lancha dijo que se encontraría con ellas en el muelle que se extendía desde el otro lado de la playa. Fue muy informal. Jule e Immie bajaron y dos jóvenes puertorriqueños llegaron en dos lanchitas. Immie pagó en efectivo. Un chico le enseñó a Jule cómo hacer funcionar el motor y cómo se sacaban los remos del borde de la lancha en caso de que lo necesitaran. Les dieron un número para llamar cuando acabaran con la lancha.

Immie estaba de mal humor. Dijo que los chalecos salvavidas estaban rotos y que la lancha necesitaba una mano de pintura, pero igualmente subió.

El viaje por la bahía duró media hora. El sol pegaba fuerte y el agua era de un azul increíble.

En Culebrita, Jule e Imogen saltaron al agua para empujar la lancha hasta la orilla. Jule eligió un camino y empezaron a caminar. Immie estaba callada.

—¿Por dónde? —le preguntó Jule en una desviación en el camino.

—Por donde quieras.

Se fueron por la izquierda. La colina era empinada. Después de quince minutos caminando, Immie se raspó el empeine con una roca. Lo levantó y se apoyó sobre un árbol para examinarlo.

—¿Estás bien? —preguntó Jule.

Immie sangraba levemente.

—Sí, estoy bien.

—Ojalá tuviéramos una venda —dijo Jule—. Debería haber metido alguna.

—No lo hiciste, así que no pasa nada.

—Lo siento.

—No es culpa tuya —dijo Immie.

—Me refiero a que siento que te haya pasado a ti.

—Déjalo —dijo Imogen, y continuó subiendo la colina. Al llegar al final, encontraron las rocas negras.

No eran como Jule esperaba; eran más bonitas. Y daban algo de miedo. Eran oscuras y resbaladizas. Estaban rodeadas por agua y formaban albercas que parecían calientes por el sol. Algunas de las rocas estaban cubiertas de algas verdes.

No había nadie.

Immie se quedó en traje de baño y se metió en la alberca más grande sin decir palabra. Estaba morena y llevaba un biquini negro con una tira alrededor del cuello.

Jule, de repente, se sintió una persona masculina y grande. Los músculos que tanto trabajaba le parecían ahora estúpidos, y el traje de baño azul claro que llevaba todo el verano, de mal gusto.

—¿Está caliente? —preguntó, haciendo referencia a la alberquita.

—Bastante —dijo Immie. Estaba inclinada, echándose agua por los brazos y por la nuca. A Jule le molestaba que Immie estuviera de mal humor. Después de todo, no era su culpa que Imogen se hubiera raspado el pie. La única culpa que tenía Jule era haber dicho que quería alquilar una lancha para ir a Culebrita.

Immie era una niña malcriada que se enojaba cuando no conseguía lo que quería. Era uno de sus defectos: nadie le decía nunca que no a Imogen Sokoloff.

—¿Podemos subir a ver el faro? —preguntó Jule. Era el punto más alto de la isla.

—Podemos.

Jule quería que Immie mostrara entusiasmo, pero no lo hacía.

—¿Tu pie está bien?

—Seguramente.

—¿Quieres subir a ver el faro?

—Supongo.

—Pero ¿quieres?

—¿Qué quieres que diga, Jule? "Ay, ver el faro es mi sueño." En Vineyard estuve viendo un maldito faro cada día de mi vida. ¿Quieres que te diga que me muero por subir hasta allí con el pie sangrando con este calor de locos para ver un edificio minúsculo que se parece a un millón de edificios minúsculos que ya he visto un millón de veces? ¿Eso es lo que quieres?

—No.

—¿Qué quieres, entonces?

—Sólo preguntaba.

—Quiero volver al hotel.

—Pero acabamos de llegar.

Imogen salió del agua y se puso la ropa y las sandalias.

—¿Podemos volver, por favor? Quiero llamar a Forrest. No tengo cobertura aquí.

Jule se secó las piernas y se puso los zapatos.

—¿Por qué quieres llamar a Forrest?

—Porque es mi novio y lo extraño —dijo Immie—. ¿Qué pensabas? ¿Qué había cortado con él?

—No pensaba nada.

—No corté con él. Vine a Culebra para descansar, simplemente.

Jule se puso la mochila a la espalda.

—Si quieres volver, volvamos.

Jule sintió cómo se desvanecía toda la alegría de los días pasados. Hacía calor y ya nada era extraordinario.

Habían arrastrado la lancha hasta bastante entrada la orilla, así que cuando volvieron a la playa tuvieron que empujarla por la arena. Después subieron y soltaron los remos del soporte para guiar la lancha por el agua hasta que tuviera la suficiente profundidad para flotar por sí misma, y así encender el motor.

Imogen no decía nada.

Jule arrancó el motor y apuntó hacia Culebra, que era visible a la distancia.

Immie se sentó en la proa de la lancha, perfilándose de una manera espectacular sobre el agua. Jule la miró y sintió una oleada de cariño. Immie era preciosa, y en su belleza se podía observar que era amable, buena con los animales, el tipo de amiga que te trae el café como te gusta, te compra flores, te presta libros y te prepara panquecitos. Nadie sabía divertirse como Immie. Atraía a la gente, todo el mundo la quería. Tenía ese tipo de poder —dinero, ilusión, independencia— que brillaba a su alrededor. Y ahí estaba Jule, en mitad del océano, en esa agua tan increíblemente azul, con ese ser humano tan raro, tan único.

No importaba esa pelea. Cansancio, eso era todo. La gente discute con sus mejores amigos, forma parte de la autenticidad del uno con el otro.

Jule apagó el motor. El mar estaba en calma. No había más lanchas a la vista.

—¿Todo bien? —preguntó Imogen.

—Siento haber alquilado esta estúpida lancha.

—No pasa nada, pero escúchame, por favor. Voy a volver a Vineyard para estar con Forrest mañana por la mañana.

Jule se mareó.

—¿Cómo que vas a volver?

—Ya te lo dije, lo extraño. Me siento mal por cómo me fui. Estaba molesta por... —Immie hizo una pausa, dubitativa, buscando las palabras— por lo que pasó con el chico de la limpieza y por cómo se lo tomó Forrest, pero no debería haber huido. Huyo demasiado.

—No deberías volver a Vineyard porque te sientas obligada precisamente por Forrest —dijo Jule.

—Quiero a Forrest.

—Entonces ¿por qué le mientes constantemente? —explotó Jule—. ¿Por qué estás aquí conmigo? ¿Por qué piensas todavía en Isaac Tupperman? Uno no se comporta así cuando está enamorado. No dejas a una persona en mitad de la noche y esperas que te reciba con los brazos abiertos cuando aparezcas de nuevo. No lo dejas así.

—Estás celosa de Forrest, me doy cuenta, pero no soy una muñeca con la que puedas jugar y no compartir —dijo Immie, con dureza—. Solía pensar que te gustaba por cómo era, sin mi dinero, sin nada. Pensaba que éramos iguales y que me entendías. Era fácil contarte las cosas, pero cada vez más siento que tienes esa idea de mí, la de

"Imogen Sokoloff" —dijo su nombre como si estuviera entre comillas—. Y ésa no soy yo. Tienes la idea de una persona que te gusta, pero no soy yo. Sólo quieres llevar mi ropa, leer mis libros y jugar a fingir con mi dinero. No es una amistad verdadera, Jule. No es una amistad verdadera cuando yo pago todo y tú tomas prestado todo y aun así no es suficiente. Quieres conocer todos mis secretos y después utilizarlos contra mí. Siento lástima por ti, en serio. Me caes bien, pero te has convertido en una imitación de mí la mayor parte del tiempo. Siento muchísimo decirte esto, pero tú...

—¿Qué?

—No te entiendo. Sigues cambiando los detalles de las historias que cuentas y es como si ni siquiera los conocieras. Nunca debí pedirte que vinieras a quedarte con nosotros en la casa de Vineyard. Estuvo bien durante un tiempo, pero ahora me siento utilizada e incluso engañada, de alguna manera. Necesito alejarme de ti. Ésa es la verdad.

La sensación de mareo aumentó.

Immie no podía estar diciendo lo que estaba diciendo.

Jule llevaba semanas haciendo lo que Imogen había querido, la había dejado sola cuando había querido estar sola y se había ido de compras cuando Immie había querido irse de compras. Había aguantado a Brooke, había aguantado a Forrest. Jule la había escuchado y hablado con ella cuando lo había necesitado. Se había adaptado al ambiente y aprendido todos los códigos de comportamiento del mundo de Immie. Había mantenido la boca cerrada. Había leído cientos de páginas de Dickens.

—No soy mi ropa —dijo Imogen—, no soy mi dinero. Quieres que sea una persona...

—No quiero que seas nada que no sea tú misma —le interrumpió Jule—. No.

—Sí —dijo Imogen—. Quieres que te haga caso cuando no tengo ganas, quieres que sea guapa y espontánea cuando algunos días me siento fea y las cosas se ponen difíciles. Me has colocado en un trono y quieres que siempre prepare comida rica y lea buenos libros y sea amable con todo el mundo, pero no soy así, y es agotador. No quiero disfrazarme y hacer un papel con la idea que tienes de mí.

—Eso no es cierto.

—El peso es enorme, Jule. Me ahoga. Me fuerzas a ser *algo* para ti, y no quiero serlo.

—Eres mi mejor amiga —era la verdad y salió del corazón de Jule, en voz alta y lastimosa. Jule siempre había pasado de largo a la gente de su pasado. No eran de ella; nunca la habían marcado y no extrañaba a nadie. Jule le había contado cientos de mentiras a Immie para que la quisiera. Se merecía ese amor a cambio.

Immie movió la cabeza.

—¿Después de algunas semanas en mi casa este verano? ¿Tu mejor amiga? No es posible. Debería haberte pedido que te fueras después del primer fin de semana.

Jule se levantó. Immie estaba sentada en el borde de la proa.

—¿Qué hice para que me odies? —le preguntó Jule—. No entiendo qué es lo que hice.

—¡No has hecho nada! No te odio.

—Quiero saber qué hice mal.

—Mira. Sólo te pedí que vinieras conmigo porque quería que te callaras —dijo Imogen—. Te pedí que vinieras para que te callaras.

Se quedaron en silencio. Esa frase se interpuso entre ellas: "Te pedí que vinieras para que te callaras".

Imogen continuó:

—No puedo continuar con este viaje. No puedo dejar que sigas usando mi ropa y me mires así, como si nunca fuera suficiente, y me amenaces y quieras que me preocupe tanto por ti. No.

Jule no pensaba. No podía pensar.

Agarró un remo del extremo de la lancha. Lo blandió con fuerza.

El borde afilado del remo impactó sobre la nuca de Immie.

Immie se desplomó. La lancha se sacudió con violencia. Jule dio un paso adelante y la cara de Immie se volvió hacia ella. Immie parecía sorprendida y Jule se sintió triunfadora por un instante: el oponente la había subestimado.

Sacudió el remo de nuevo contra aquella cara angelical. Le rompió la nariz y los pómulos. Uno de los ojos estalló y se salió de su cuenca. Jule la golpeó una tercera vez y el ruido fue horroroso, alto y definitivo. La mandíbula de Imogen, y los privilegios y la belleza y aquella vanidad indiferente, todo aquello quedó aplastado por el poder del brazo derecho de Jule. Jule era la maldita ganadora y por un momento se sintió en la gloria.

Immie se resbaló hacia el agua y, por el peso, la lancha se inclinó a babor. Jule se tropezó y se golpeó la cadera contra un borde.

Immie chapoteó dos veces, intentando recomponerse. Jadeando. Tenía los ojos inyectados en sangre. Se deslizaba por el agua turquesa. Su camisa blanca flotaba alrededor.

El sentimiento de triunfo se desvaneció y Jule saltó al agua para agarrar a Immie por el hombro. Quería una respuesta.

Immie le debía una respuesta.

No habían acabado todavía, maldita sea. Immie no podía huir.

—¿Qué tienes que decirme? —gritó Jule, pataleando en el agua y sujetando a Immie como pudo—. ¿Qué tienes que decirme ahora? —la sangre del rostro de Immie le caía por los brazos—. Porque ya no soy tu puta mascota y ya no soy tu puta amiga, nunca más, ¿me oyes? —gritó Jule—. Me subestimas, chingada madre, pero aquí la fuerte soy yo. ¿Estás de acuerdo, Immie? ¿Verdad que sí?

Jule intentó darle la vuelta a Immie para que mantuviera la cara fuera del agua y así pudiera respirar y escucharla, pero las heridas eran enormes. La cara de Imogen estaba en carne viva y le salía sangre de un oído, de la nariz, de la hinchazón de la mejilla. Su cuerpo se sacudía y temblaba. Su piel era resbaladiza, demasiado. Levantó los brazos en un espasmo y golpeó a Jule en la cara con el dorso de la mano muerta.

—¿Qué carajos tienes que decir ahora? —dijo Jule, de nuevo, suplicante—. ¿Qué es lo que tienes que decirme?

El cuerpo de Imogen Sokoloff se estremeció una vez más y después se calmó.

La sangre formó una mancha alrededor de las dos.

Jule se subió a la lancha y el tiempo se detuvo.

Debía de haber pasado una hora, puede que dos, o quizá sólo unos minutos.

Ninguna pelea había sido como ésa. Siempre había habido acción, héroes, defensa, competencia. A veces venganza. Esto era diferente: había un cuerpo en el mar, el borde de una oreja pequeña, con tres aretes, y los botones azules del puño de una camisa de lino blanco.

Jule había querido a Immie Sokoloff tanto como había sabido. La había querido de verdad.

Pero Immie no había querido.

Pobre Immie. Immie, tan guapa y especial.

El estómago de Jule se contrajo. Le dio una arcada tras otra en la proa de la lancha. Se agarró el vientre, pensando que estaba enferma, le temblaban los hombros. Le dio otra arcada, pero no salió nada, no salía nada. Estuvo así un minuto o dos hasta que se dio cuenta de que estaba llorando.

Tenía las mejillas llenas de lágrimas.

No tenía intención de hacerle daño a Imogen.

No, la había tenido.

No, no la había tenido.

Deseaba no haberla tenido.

Deseaba deshacer lo que había hecho. Deseaba ser otra persona, en otro cuerpo, en uno distinto, con una vida diferente. Deseaba que Immie le hubiera correspondido y sollozó porque eso ya nunca pasaría.

Estiró el brazo y tomó la mano blanda y mojada de Immie. La sostuvo, inclinándose sobre el borde de la lancha.

Escuchó el sonido de un avión por encima de ellas.

Jule soltó la mano de Immie y se secó las lágrimas. El instinto de supervivencia surtió efecto.

Estaba bastante lejos, a un paseo de veinte minutos en lancha desde Culebra y a diez minutos de Culebrita. Jule tocó el agua con la mano. Había una corriente hacia mar abierto desde el canal, bastante transitado, entre las dos islas. Jaló la mano de Immie hasta tenerla tan cerca que pudo pasar una cuerda por debajo de sus brazos y se aseguró de tenerlos bien atados para no dejar marca. La cuerda era áspera y atarla fue complicado. Las palmas de Jule se llenaron de llagas por el roce contra su piel. Le llevó muchos intentos antes de poder hacer un nudo que aguantara.

Arrancó el motor y se dirigió lentamente en dirección al mar abierto, siguiendo la corriente. Cuando el agua se volvió oscura y profunda, bien lejos del canal entre Culebra y Culebrita, Jule desató el nudo y soltó a Imogen.

El cuerpo se fue hundiendo muy muy despacio.

Jule enjuagó la cuerda y la talló con un cepillo que encontró en una cajita de suministros. Tenía las manos en carne viva y le sangraban ligeramente, pero por lo demás no tenía ninguna herida. Enrolló la cuerda con cuidado y la puso de vuelta donde estaba en la lancha. Lavó y enjuagó el remo.

Entonces encendió de nuevo el motor.

—¿Señorita Sokoloff? —el recepcionista saludó a Jule en el vestíbulo.

Jule se detuvo y lo miró.

Creía que ella era Imogen. Nadie la había confundido con Imogen hasta entonces.

No se parecían mucho, pero obviamente eran dos mujeres jóvenes y blancas, bajitas, con el pelo corto y pecas. Tenían el mismo acento de la Costa Este. Podían pasar la una por la otra.

—Hay un paquete para usted, señorita Sokoloff —dijo el recepcionista, sonriendo—. Lo tengo justo aquí.

Jule le devolvió la sonrisa.

—Qué amable eres —le dijo—. Gracias.

8

Seis días antes de que Jule tomara ese paquete, el chico de la limpieza no apareció por la casa de Immie en Martha's Vineyard para trabajar. Se llamaba Scott. Tenía unos veinticuatro años y era mayor que Immie, Brooke e incluso Forrest, pero Imogen seguía llamándolo el chico de la limpieza.

A Scott lo habían recomendado los dueños de la casa de alquiler para que trabajara en el jardín y en las labores domésticas. La alberca y el jacuzzi necesitaban un mantenimiento. La casa estaba ventilada y tenía varias ventanas, con un techo de doble altura en el salón y en el comedor, seis tragaluces, cinco cuartos, camastros adelante y atrás, y rosales y otras plantas. Había mucho que limpiar.

La cara de Scott era ancha, transparente como un libro abierto y tenía la nariz chata. Su piel era blanca con mejillas sonrosadas, la cara cuadrada y el pelo oscuro y rebelde. Sus caderas eran estrechas y sus brazos eran musculosos. Normalmente llevaba una gorra de beisbol e iba sin camiseta.

Cuando Jule vio a Scott por primera vez no estaba segura de lo que estaba haciendo allí. Estaba en la cocina, limpiando el suelo con un trapeador y una cubeta. No era muy distinto a Forrest y a los amigos de veraneo de Immie, pero ahí estaba, desnudo hasta la cintura, haciendo las tareas del hogar.

—Hola, soy Jule —dijo, parada en la puerta.

—Scott —respondió, con el trapeador en la mano.

—¿Vienes a la playa? —le había preguntado.

—Ja, no. Estoy bien aquí. Soy el chico de la limpieza de Imogen —su acento era neutro.

—Ah, ya veo —Jule se preguntó si Imogen había hablado con el chico como una persona normal o si se suponía que Scott era invisible. No sabía cuáles eran las normas de comportamiento todavía.

—Soy una amiga de Immie de la prepa.

No dijo nada más.

Jule lo miró un rato.

—¿Quieres algo de beber? —le preguntó—. Hay cocacola y coca light.

—Debería seguir trabajando. A Imogen no le gusta que descanse.

—¿Es así de dura?

—Sabe lo que quiere, tengo que respetar eso —dijo—, y me paga.

—Pero ¿quieres una coca-cola?

Scott se puso de rodillas y echó spray quitamanchas por el suelo debajo del lavavajillas, donde se almacenaba la suciedad. Después lo frotó con una esponja áspera. Los músculos de la espalda brillaban por el sudor.

—No me paga para quitarle cosas del refrigerador —contestó finalmente.

Los días posteriores, quedó claro que Scott no era precisamente invisible porque, de hecho, era tan decorativo que nadie podía ignorar su presencia, pero nadie le dedicaba un simple hola. Immie sólo decía "hola" cuando lo veía, aunque lo seguía con la mirada. Scott limpiaba los baños, sacaba la basura y limpiaba la suciedad que la gente dejaba en el salón. Jule nunca le volvió a ofrecer una coca-cola.

El día que Scott no apareció fue un viernes. Los viernes por la mañana solía limpiar la cocina y los baños y después regaba el pasto. Salía de la casa a las once de la mañana, así que nadie reparó en su ausencia.

Al día siguiente, sin embargo, tampoco apareció. Los sábados limpiaba la alberca y arreglaba el jardín. Immie siempre le dejaba el dinero de la siguiente semana en la mesa del comedor. El dinero seguía ahí, pero Scott nunca llegó.

Jule bajó las escaleras preparada para irse al gimnasio. Brooke estaba sentada en la mesa con un tazón de uvas. Forrest e Immie comían granola de leche evaporada y frambuesas en la mesa del comedor. El fregadero estaba lleno de platos.

—¿Dónde está el chico de la limpieza? —preguntó Brooke en el comedor mientras Jule se servía un vaso de agua.

—Está enojado conmigo —respondió Immie.

—Estoy enojado CON ÉL —dijo Forrest.

—Yo también estoy enojada —dijo Brooke—. Quiero que me lave las uvas, se desnude y me lama el cuerpo desde la cabeza hasta los pies. Y no lo está haciendo, ni siquiera está aquí. No sé qué pudo pasar.

—Qué graciosa —dijo Forrest.

—Tiene todo lo que busco en un hombre —dijo Brooke—. Está guapo, no habla y, al revés que tú —se metió una uva en la boca—, lava los platos.

—Yo lavo los platos —dijo Forrest.

Immie se rio.

—Sólo lavas el plato del que comes.

Forrest puso los ojos en blanco y volvió al tema anterior.

—¿Ya lo llamaste?

—No. Quiere un aumento y no se lo voy a dar —dijo Immie, tranquilamente, levantando la vista hacia Jule y mirándola a los ojos—. Está bien, pero llega tarde muchas veces. Odio levantarme y ver la cocina hecha un desastre.

—¿Lo despediste? —preguntó Forrest.

—No.

—Después de que hablaran del aumento, ¿te dijo que seguiría trabajando aquí?

—Creo que sí, no estoy segura —Immie se levantó para limpiar la taza y el tazón.

—¿Cómo no puedes estar segura?

—Eso creo, pero supongo que no —dijo Immie desde la cocina.

—Voy a llamarlo —dijo Forrest.

—No, no —volvió al salón.

—¿Por qué no? —Forrest agarró el teléfono de Immie—. Nos hace falta un chico de la limpieza y él sabe cómo hacerlo. Puede que sea un malentendido.

—Dije que no le llames —gritó Immie—. Ése es mi teléfono y ésta no es tu casa.

Forrest dejó el teléfono. Volvió a poner los ojos en blanco.

—Intento ayudar —dijo.

—No lo haces.

—Me dejas a mí todo —dijo Immie—. Me encargo de la cocina y de la comida y del chico de la limpieza y de ir al súper y del wifi, ¿y ahora te enojas cuando no me encargo de algo de la manera que tú quieres?

—Imogen.

—No soy tu maldita mujercita, Forrest —dijo—. Es lo contrario a lo que soy.

Forrest se acercó a la computadora.

—¿Cuál es el apellido de Scott? —preguntó—. Creo que deberíamos buscar su nombre y ver si alguien se ha quejado de él, a ver qué pasa. Tiene que aparecer en Yelp o algo.

—Cartwright —dijo Immie, aparentemente dispuesta a dejar la discusión—, pero no vas a encontrarlo. Es un chico de Vineyard que hace tareas de casa por dinero. No va a tener una página web.

—Bueno, puedo descubrir… Ah, Dios.

—¿Qué?

—¿Scott Cartwright de Oak Bluffs?

—Sí.

—Está muerto.

Immie se acercó corriendo. Brooke se bajó de la mesa y Jule volvió del pasillo donde estaba estirando. Se juntaron alrededor de la computadora.

Era un artículo en la web del *Martha's Vineyard Times* que informaba del suicidio de Scott Cartwright. Se había colgado de una cuerda en una viga del establo de un vecino. Había saltado de una escalera de seis metros.

—Es culpa mía —dijo Imogen.

—No es tu culpa —dijo Forrest, mirando la pantalla—. Quería un aumento y llegaba siempre tarde. No le ibas a dar más dinero. Eso no tiene nada que ver con el suicidio.

—Estaría deprimido —dijo Brooke.

—Aquí dice que no dejó nota —dijo Forrest—, pero están seguros de que fue un suicidio.

—No creo que lo fuera —dijo Immie.

—Ay, por Dios —dijo Forrest—. Nadie lo obligó a subir una escalera de seis metros en un establo para colgarse.

—Sí —dijo Immie—, puede que alguien lo haya hecho.

—Estás exagerando —dijo Forrest—. Scott era un buen tipo, y es muy triste que haya muerto, pero nadie lo asesinó. Sé racional.

—No me digas que sea racional —dijo Immie, con voz templada.

—Nadie va a matar al chico de la limpieza y hacer que parezca un suicidio —Forrest se levantó del escritorio. Se hizo una cola de caballo con la liga que llevaba en la muñeca.

—No me hables como si fuera una niña.

—Imogen, estás sacada de onda por lo de Scott, y es comprensible, pero…

—¡Esto no se trata de Scott! —gritó Immie—. Se trata de ti cuando me dices que sea racional. Te crees superior porque tienes una carrera y porque eres hombre y porque eres el gran Forrest Smith-Martin…

—Immie…

—Déjame terminar —rugió Imogen—. Vives en MI casa. Comes MI comida, conduces MI coche y todos tus desastres los limpia ese pobre chico al que YO solía pagarle. Hay una parte de ti que me odia por eso, Forrest. Me odias porque puedo permitirme esta vida y tomar mis propias decisiones, así que te comportas conmigo con condescendencia y desprecias mis ideas.

—Por favor, ¿podemos tener esta conversación en privado? —preguntó Forrest.

—Vete. Déjame sola un rato —dijo Immie. Sonaba cansada.

Forrest refunfuñó y se fue al piso de arriba. Brooke lo siguió.

En cuanto se fue, la cara de Immie se llenó de lágrimas. Se acercó a Jule y la abrazó; olía a café y a jazmín. Se quedaron así durante un rato.

Immie y Forrest se fueron en el coche veinte minutos después, alegando que necesitaban hablar. Brooke se quedó en la habitación.

Jule entrenó y después pasó la mañana haciendo lo que quiso. Para comer, preparó dos panes de chocolate con avellana para untar y se tomó dos licuados de proteínas con jugo de naranja. Se estaba bañando cuando Brooke bajó las escaleras haciendo ruido y arrastrando una maleta deportiva por el salón.

—Me voy —dijo Brooke.

—¿Ahora?

—No necesito este drama. Me voy a casa, a La Jolla. Mis papás se van a poner en plan de "Brooke, ¡deberías irte a una residencia! ¡De voluntaria! ¡Vuelve a la universidad!", así que va a ser una hueva, pero ya sabes, estoy un poco nostálgica, la verdad —Brooke se dio la vuelta bruscamente y entró a la cocina. Abrió la puerta de la despensa, sacó dos cajas de galletas y una bolsa de nachos y las metió en la bolsa—. La comida del ferry es asquerosa —dijo—. Adiós.

Imogen regresó por la tarde. Salió a la terraza a ver a Jule.

—¿Dónde está Forrest? —preguntó Jule.

—Subió al estudio —Immie se sentó y se quitó las sandalias—. El funeral de Scott es el próximo fin de semana.

—Brooke se fue.

—Ya sé, me escribió.

—Se llevó todas las galletas.

—Brooke.

—Dijo que no te importaría.

—No las estaba guardando —Imogen se levantó y se acercó al interruptor que encendía las luces de la alberca. El agua se iluminó—. Creo que deberíamos irnos. Sin Forrest.

Sí.

¿Iba a ser así de fácil? ¿Tener a Immie sólo para ella?

—Creo que deberíamos irnos por la mañana —continuó Immie.

—Bueno —Jule intentó sonar tranquila.

—Compraré los boletos. Tú me entiendes, necesito salir de aquí, tener un poco de tiempo de chicas.

—No me hace falta estar aquí —dijo Jule, ruborizada—. No me hace falta estar en ningún sitio.

—Tengo una idea —dijo Immie, con complicidad. Se reclinó en el camastro—. Hay una isla que se llama Culebra, en Puerto Rico —Immie se acercó y le tocó el brazo a Jule—. No te preocupes por el dinero. Los boletos, el hotel, los tratamientos del spa… Invito yo.

—Soy toda tuya —dijo Jule.

7

Dos días antes de su muerte, Scott se encontraba limpiando la alberca cuando Jule volvió de su carrera rutinaria de las mañanas. Estaba sin camiseta y llevaba los pantalones por debajo de la cadera. Seguía una hoja con la red en vez de espuma al borde del agua.

Le dio los buenos días a Jule con efusividad cuando pasó a su lado. Immie y Forrest no se habían despertado aún y el coche de alquiler de Brooke no estaba en la entrada. Jule tomó un montón de ropa que había colocado previamente y la colgó en el perchero que había al lado de la puerta de la regadera. Después entró.

Se lavó, se depiló las piernas y pensó en Scott. Era guapísimo. Se preguntó cuáles habrían sido sus últimos ejercicios de los músculos laterales y sus pagos en efectivo. ¿Cómo se habría convertido en un chico dispuesto a limpiar los baños de otra gente y a arreglar sus jardines? Parecía y hablaba como un gran héroe de acción blanco y heterosexual de los que se ven en las películas. Seguramente habría conseguido todo lo que hubiera querido del mundo sin demasiado esfuerzo. Nada podía con él, pero ahí estaba: limpiando.

Puede que le gustara hacerlo, pero puede que no.

Cuando cerró el agua, Scott e Imogen estaban hablando en la terraza.

—Tienes que ayudarme —le dijo en voz baja.

—No, no tengo que hacerlo.

—Por favor.

—No me puedo involucrar.

—No te tienes que involucrar, Imogen. Vine a pedirte ayuda porque confío en ti.

Immie suspiró.

—Viniste porque tengo una cuenta bancaria.

—No es por eso. Tenemos una conexión.

—¿Perdón?

—Todas esas tardes en mi casa… No te pedí nada. Fuiste porque quisiste.

—Llevo una semana sin ir a tu casa —le dijo Imogen a Scott.

—Te extraño.

—No voy a pagar tu deuda —la voz de Immie era firme.

—Sólo necesito un préstamo para salir del paso hasta que esos tipos me dejen en paz.

—No es una buena idea —dijo Imogen—. Deberías ir al banco o sacarlo de una tarjeta de crédito.

—No tengo tarjeta de crédito. Esos tipos… No bromean. Me dejan notas dentro del coche. Me…

—No deberías haber apostado —espetó Immie—. Pensaba que eras más listo.

—¿No puedes adelantarme algo para pagar la deuda? Y no me volverás a ver. Te lo devolveré y desapareceré, te lo prometo.

—Hace un minuto hablabas de la gran conexión que tenemos, ¿y ahora me prometes que vas a desaparecer?

—No tengo nada —imploró Scott—. Tengo cinco dólares en la cartera en este momento.

—¿Y tu familia?

—Mi padre se fue hace tiempo y mi madre murió de cáncer cuando tenía diecisiete años —dijo Scott—. No tengo a nadie.

Immie se quedó callada.

—Lo siento. No lo sabía.

—Por favor, Immie. Cariño.

—No empieces con eso. Forrest está arriba.

—Si me ayudas me iré sin hacer ruido.

—¿Es una amenaza?

—Le estoy pidiendo ayuda a una amiga para pagar una deuda, eso es todo. Diez mil dólares no es nada para alguien como tú.

—¿Por qué debes el dinero? ¿En qué apostaste?

Scott masculló la respuesta.

—Peleas de perros.

—No —dijo Immie, conmocionada.

—Tenía un buen perro.

—Las peleas de perros son un deporte sangriento. Es un delito.

—Era una perra rescatada que conocía, toda una campeona. Un tipo que conozco organiza peleas de vez en cuando, tiene unos cuantos pitbulls. No fue algo premeditado.

—Lo es si ese tipo organiza peleas. Hay leyes en contra de eso; es cruel.

—A esa perra le gustaba pelear.

—No digas eso —dijo Imogen—, no lo hagas. Si alguien la hubiera adoptado y hubiera sido amable con ella, habría…

—No conocías a esa perra —dijo Scott, irritado—. De todos modos, pelearon y perdió, ¿okey? Detuve la pelea antes de que le hicieran demasiado daño, puedes detenerla si eres el dueño de un perro, porque ella era… La pelea no fue como pensaba.

Jule seguía quieta, protegida por la puerta de la regadera. No se atrevía a moverse.

—Lo que significa que perdí el dinero de todos esos tipos que apostaron por ella —continuó Scott—. Dijeron que debería haberla dejado pelear hasta morir. Les dije que las reglas dicen que el dueño puede parar la pelea. Respondieron que sí, pero que nadie lo hace porque así engañas a todos los que apostaron por tu perro —comenzó a llorar—. Así que quisieron que les devolviera la lana. El tipo que organizó la pelea también quiere que se la devuelva. Dice que la gente se quejó, que le arruiné el negocio peleando con una perra cuando estaba… Tengo miedo, Imogen. No sé cómo arreglar esto sin tu ayuda.

—Déjame explicarte la situación —dijo Imogen, despacio—. Eres mi jardinero, mi chico de la alberca, mi chico de la limpieza. Trabajas aquí. Has hecho un buen trabajo y has sido un buen chico con quien salir de vez en cuando. Eso no me obliga a ayudarte por haberle hecho algo ilegal e inmoral a una pobre perra indefensa.

Jule empezó a sudar.

La manera en la que Imogen dijo "jardinero, chico de la alberca, chico de la limpieza" fue muy fría. Hasta ese momento, Jule nunca había visto a Immie tratar a alguien a la cara con tanto desdén.

—¿No me vas a ayudar entonces? —preguntó Scott.

—Apenas nos conocemos.

—Pero si has venido a mi casa todos los días durante varias semanas.

—No sabía para nada que te gustaba ver a los perros hacerse pedazos hasta la muerte. No sabía que apostabas. Ni de lejos sabía que eras alguien tan estúpido y cruel, porque para mí no eres más que el chico que me limpia la casa. Creo que deberías irte —le dijo Imogen a Scott—. Puedo encontrar a otra persona que lave el piso.

Immie había estado mintiéndoles a Forrest y a Jule. Immie se había inventado historias adrede cuando se iba por las tardes. Había mentido sobre por qué venía a casa con el pelo mojado, por qué estaba cansada, dónde había comprado la comida. Era mentira que jugaba tenis con Brooke.

Brooke. Brooke debía saber lo de Scott. Ella e Imogen habían vuelto juntas a casa varias tardes con raquetas y botellas de agua hablando sobre el partido de tenis, cuando lo más probable era que nunca habían jugado tenis.

Scott se marchó sin decir ni una palabra. Un minuto más tarde, Immie golpeó la puerta de la regadera.

—Te veo los pies, Jule.

Jule se quedó sin aliento.

—¿Por qué escuchas las conversaciones de otras personas? —rugió Immie.

Jule se envolvió en la toalla y abrió la puerta de la regadera.

—Me estaba secando y estabas afuera. No sabía qué hacer.

—Siempre estás al acecho, espiando. A nadie le gusta.

—Está bien. ¿Puedo vestirme, por favor?

Imogen se marchó.

Jule quería seguirla y darle una bofetada en su preciosa y falsa cara.

Quería sentirse justa y fuerte en vez de humillada y derrotada.

Pero tenía que canalizar esa rabia de otra manera.

Agarró el traje de baño y el visor de buceo de un gancho de la regadera. En la alberca, nadó un kilómetro y medio, estilo libre.

Tres kilómetros. Nadó hasta que le temblaron los brazos.

Finalmente se tiró en una toalla en la terraza de madera. Giró la cara hacia el sol y no sintió más que cansancio.

Imogen salió un poco después. Llevaba un platón de panqués con chispas de chocolate.

—Los preparé —dijo— para pedirte perdón.

—No tienes que pedirme perdón —dijo Jule, sin moverse.

—He dicho cosas crueles y te he estado mintiendo.

—Como si me importara.

—Te importa.

Jule no respondió.

—Sé que te importa, amor. No debería haber mentiras entre nosotras. Me entiendes mucho mejor que Forrest o Brooke.

—Seguramente —Jule no pudo contenerse y sonrió.

—Tienes derecho a estar enojada. Estaba equivocada, lo sé.

—Seguramente también.

—Creo que todo ha sido una excusa para alejar a Forrest. Lo hago cuando me canso de los chicos: los engaño. Siento no habértelo contado. No estoy orgullosa de mí misma.

Imogen dejó los panqués al lado del hombro de Jule. Se sentó en la terraza. Sus cuerpos estaban paralelos.

—Quiero tener algún lugar donde poder sentirme en casa y también quiero huir —continuó Immie—, quiero conectar con la gente y quiero alejarlos. Quiero enamorarme y elijo chicos que no estoy segura de que me gusten del todo o los quiero y lo echo a perder, y puede que lo eche a perder a propósito. No sé qué me pasa, ¿no te parece retorcido?

—Un poco retorcido es —dijo Jule, riéndose—, pero no es algo drástico. En una escala de uno a diez, es un siete, creo —se quedaron tumbadas en silencio durante un minuto—. Pero algo retorcido al nivel siete seguramente sea algo normal —añadió Jule.

—Por fa, ¿puedo sobornarte con panqués para que me perdones? —le preguntó Immie.

Jule agarró uno y le dio un mordisco.

—Scott está bueno —dijo, tragando—. Con chicos así, ¿qué vas a hacer? ¿Dejarlos tranquilos y ver cómo limpian la alberca? Creo que estabas en tu derecho legal de asaltarlo.

Immie se quejó.

—¿Por qué tenía que ser tan sexy? —tomó la mano de Jule—. Fui una bruja, ¿me perdonas?

—Siempre.

—Eres tan dulce, amor. ¡Vente a la tienda conmigo! —lo dijo como si ir a la tienda fuera algo divertido.

—Estoy cansada, que te acompañe Brooke.

—No quiero a Brooke.

Jule se levantó.

—No le digas a Forrest que nos vamos a ir —dijo Immie.

—No lo haré.

—Claro que no —Imogen le sonrió a Jule—. Sé que puedo contar contigo. No le dirás absolutamente nada.

6

Finales de junio, 2016
Martha's Vineyard, Massachusetts

Once semanas antes de que Immie preparara los panqués, Jule estaba en la playa de Moshup sin toalla ni traje de baño. El sol brillaba y hacía calor. Después de una buena caminata desde el estacionamiento, había dado un paseo por la orilla. Unos peñascos grandes de tierra batida se cernían sobre ella en tonos chocolate, perla y rojizo. El peñasco estaba agrietado y era suave al tacto.

Jule se quitó los zapatos y se quedó quieta con los pies en el agua. Cincuenta metros más allá, Imogen y su amigo habían quedado de verse por la tarde. No tenían sillas de playa, pero el chico sacó de la mochila una sábana blanca de algodón, toallas, revistas y una hielera.

Dejaron la ropa en la arena, se pusieron crema solar y se bebieron unas latas que tomaron del refrigerador. Imogen se tumbó en la sábana con un libro. El chico recogía piedras y apilaba una encima de la otra para construir una delicada escultura en la arena.

Jule se acercó a ellos. Unos metros antes gritó:

—Immie, ¿eres tú?

Immie no se dio la vuelta, pero su novio le tocó el hombro.

—Está gritando tu nombre.

—Imogen Sokoloff, ¿verdad? —dijo Jule, acercándose a ellos—. Soy yo, Jule West Williams. ¿Te acuerdas?

Imogen la miró con los ojos entrecerrados y se sentó. Buscó los lentes oscuros en la bolsa de malla que llevaba y se los puso.

—Íbamos juntas a la escuela —prosiguió Jule—, en Greenbriar.

Immie era alguien especial, pensó Jule. Un cuello largo, mejillas sonrosadas, piel bronceada, aunque estaba delgada y se veía débil.

—¿En serio? —preguntó.

—Sólo parte del primer año, después me cambié —dijo Jule—. Pero me acuerdo de ti.

—Perdón, ¿cuál era tu nombre?

—Jule West Williams —repitió Jule—. Iba un año detrás de ti —añadió cuando Imogen frunció el ceño.

Immie sonrió.

—Bueno, encantada de volver a conocerte, Jule. Él es mi novio, Forrest.

Jule se quedó parada, incómoda. Forrest se estaba ajustando el moño. Tenía un ejemplar del *New Yorker* a su lado.

—¿Quieres tomar algo? —preguntó, sorprendentemente simpático.

—Gracias —Jule se arrodilló en el borde de la sábana y agarró una lata de coca light.

—Parece que vas a algún lugar —dijo Imogen—, con la mochila y los zapatos.

—Ah, yo...

—¿No tienes las cosas de la playa?

Jule pensó en lo más interesante que podía responder y resultó ser la verdad.

—Vine por impulso —dijo—. Lo hago a veces. No tenía intención de venir a la playa hoy.

—Tengo otro traje de baño en la mochila —dijo Imogen, de repente amable—. ¿Quieres bañarte con nosotros? Tengo tanto calor que o me meto en el agua ahora o me va a dar una insolación y Forrest tendrá que llevarme en brazos de vuelta por ese maldito camino eterno —echó un vistazo al cuerpo delgado de Forrest—. No sé si podrá. ¿Quieres nadar?

Jule levantó las cejas.

—Acepto la oferta.

Imogen sacó un biquini de la mochila y se lo dio a Jule. Era blanco y muy pequeño.

—Póntelo debajo de la falda y nos vemos en el agua.

Se fue corriendo con Forrest hacia el mar.

Jule se puso la ropa de Imogen por primera vez.

Con el otro traje de baño de Immie, buceaba debajo de las olas y salía feliz, como si fuera un milagro. El día resplandecía y parecía imposible sentir otra cosa que no fuera gratitud por la oportunidad de estar en el océano, mirando hacia el horizonte mientras el agua salada los salpicaba. Forrest e Immie no hablaban mucho, sólo tomaban las olas, gritando y riendo. Cuando se cansaron, se pusieron de puntitas donde rompían las olas, saltando y dejando que el agua los llevara arriba y abajo.

—Viene una grande.

—No, la que viene después es más grande. Ahí, ¿la ves?

—Ah, mierda, casi me muero, pero ha sido genial.

Cuando se les pusieron a los tres los dedos azules y temblorosos, volvieron a la sábana de Imogen y Jule se vio en el centro de la misma. Forrest se tumbó a un lado, envuelto a una toalla térmica, e Imogen se tumbó en la otra parte, cara al sol y con gotitas de agua por el cuerpo.

—¿A dónde te fuiste después de Greenbriar? —preguntó Imogen.

—Después de que me echaran —dijo Jule—, mi tía y yo nos fuimos a Nueva York.

—No te echaron —dijo Imogen con regocijo. Forrest dejó la revista.

—Ah, sí, lo hicieron —ambos estaban ahora interesados—. Prostitución —dijo Jule.

Imogen se puso lúgubre.

—No, es una broma.

Imogen empezó a reírse en voz alta y despacio, cubriéndose la boca con la mano.

—Tina no sé qué solía hacerme bromas pesadas y me amenazaba en el vestuario —dijo Jule—. Finalmente le abrí la cabeza contra una pared de ladrillo. Terminó necesitando puntos.

—¿Ésa era la del pelo rizado? ¿La alta? —preguntó Imogen.

—No. La pequeña que la seguía a todas partes.

—No me acuerdo.

—Mejor así.

—¿Y le diste un golpe contra la pared?

Jule asintió.

—Soy una pendenciera. Podría decirse que es mi don.

—¿Pendenciera? —preguntó Forrest.

—Una luchadora —dijo Jule—. No por diversión, sino, ya sabes, por defensa personal, por combatir el mal, por proteger Gotham.

—No puedo creer que nunca haya oído nada de que mandaste a una chica al hospital —dijo Imogen.

—Lo mantuvieron en secreto. Tina no quería hablar de eso por lo que me hizo antes de que la detuviera, ¿sabes? Y eso dejaba mal a Greenbriar, lo de que hubiera chicas peleándose. Fue justo antes del concierto de invierno —dijo Jule—, cuando iban todos los padres. Me dejaron cantar antes de echarme. ¿Te acuerdas? Esa chica, Caraway, tenía el solo.

—Ah, sí. Peyton Caraway.

—Cantamos una canción de Gershwin.

—Y "Rudolph" —dijo Imogen—. Éramos demasiado mayores para cantar "Rudolph". Fue ridículo.

—Llevabas un vestido de terciopelo azul con holanes en la parte delantera.

Imogen se tapó los ojos con las manos.

—¡No puedo creer que te acuerdes de ese vestido! Mi madre siempre me hacía llevar cosas así en vacaciones y ni siquiera celebrábamos Navidad. Es como si vistiera a una muñeca de American Girl.

Forrest le dio a Jule un golpecito en el hombro.

—Empezarás la universidad en otoño, ¿no?

—Terminé rápido la prepa, de hecho, así que llevo ya un año.

—¿Dónde?

—En Standford.

—¿Conoces a Ellie Thornberry? —preguntó Imogen—. Va allí.

—Creo que no.

—¿Walker D'Angelo? —dijo Forrest—. Es graduado en Historia del Arte.

—Forrest ya terminó la universidad —dijo Imogen—, pero para mí fue un verdadero infierno, así que ya no voy.

—No lo intentaste de verdad —dijo Forrest.

—Pareces mi padre.

—Ah, bla, bla, bla.

Immie se puso los lentes de sol.

—Forrest está escribiendo una novela.

—¿Qué tipo de novela? —preguntó Jule.

—Una mezcla entre Samuel Beckett y Hunter S. Thompson —respondió Forrest—, y soy muy fan de Pynchon, así que es una influencia.

—Buena suerte —dijo Jule.

—Ah, eres una pendenciera —dijo Forrest—. Me cae bien, ¿sabes, Imogen?

—Le gustan las mujeres con mal carácter —dijo Imogen—. Es una de sus pocas y adorables cualidades.

—¿Nos gusta él a nosotras? —le preguntó Jule.

—Lo aguantamos por su cara bonita —respondió Immie.

Estaban hambrientos, así que se fueron a las tiendas de Aquinnah. Allí había varios puestos de botanas. Forrest pidió tres paquetes de papas fritas para los tres.

Immie le dirigió una sonrisa amplia al chico que había tras el mostrador y le dijo:

—Te vas a reír de mí, pero necesito cuatro rodajas de limón para el té. Me vuelve loca el limón. ¿Puedes hacer eso por mí?

—¿Limón? —dijo.

—Cuatro rodajas —dijo Immie. Apoyó los brazos y los codos en el mostrador y se inclinó, mirándolo a los ojos.

—Por supuesto —dijo.

—Te estás riendo de mi limón —le dijo.

—No me estoy riendo.

—Por dentro, te estás riendo.

—No —ya había cortado el limón y se lo puso en la mesa en un vaso de papel rojo y blanco.

—Gracias entonces por tomarte mi limón tan en serio —dijo Imogen. Agarró una de las rodajas, se la metió en la boca y la mordió para sacar algo de jugo—. Es muy importante que los limones se sientan respetados. Los hace sentir-se valiosos —dijo con la cáscara de limón en la boca.

Se sentaron en una mesa de picnic con vista al estaciona-miento por un lado y al mar por otro. Al otro lado del esta-cionamiento, la gente volaba cometas. Hacía mucho viento. La mesa de picnic estaba desgastada y tenía grietas. Imogen se comió una o dos papas y después sacó un plátano de la mochila y se lo comió con una cuchara.

—¿Estás aquí sola? —preguntó Immie—. ¿En Vineyard?

Forrest había abierto el ejemplar del *New Yorker*. Estaba ligeramente separado de ellas.

Jule asintió.

—Sí, me fui de Stanford —le contó la historia del entre-nador pervertido y la pérdida de la beca—. No quería ir a casa, no me llevo bien con mi tía.

—¿Vives con ella? —Immie se inclinó.

—No, ya no me llevo con mi familia.

Forrest soltó una risita.

—Imogen tampoco.

—Sí, yo sí —dijo Imogen.

—No —dijo él.

—Tenemos eso en común entonces —Jule miró a Imo-gen a los ojos.

—Sí, supongo que sí —Immie tiró la cáscara del plátano a la basura—. Oye, ven con nosotros a casa. Podemos nadar en la alberca y te puedes quedar a cenar. Vienen algunos ami-gos del verano, gente nueva que pasa unas semanas en la isla. Vamos a hacer filetes a la parrilla. Es en Menemsha. No te imaginas la casa, es gigantesca.

La respuesta era sí, pero Jule dudó.

Imogen se sentó al lado de Jule y puso los pies paralelos a los suyos.

—Anda, será divertido —dijo, convincente—. Llevo siglos sin tener una conversación de chicas.

Los techos de la casa de Menemsha eran tan altos y las ventanas tan amplias que parecía que las actividades del día a día se hacían en una sala más grande y luminosa. Daba la impresión de que las bebidas de allí tenían más gas y estaban más frías que las de otros sitios.

Jule, Forrest e Immie nadaron en la alberca y después se dieron un regaderazo en el baño de afuera. Los amigos de veraneo llegaron para cenar, pero Jule se dio cuenta de que no era uno de ellos por la manera en la que Imogen la llamaba para que fuera a la parrilla a vigilar los filetes y por el modo en el que se sentaba en la terraza, enroscada en los pies de Jule. Imogen le propuso quedarse a dormir en una de las habitaciones de invitados mientras que los demás se iban subiendo a los autos. Ellos se ofrecieron a llevarla en coche hasta el hotel por las carreteras oscuras de la isla.

Declinó su oferta.

Immie le enseñó a Jule una habitación en el segundo piso. Tenía una cama enorme y cortinas blancas y vaporosas, además de un caballito de madera antiguo algo extraño y pequeño y una colección de veletas colocadas en un amplio escritorio de madera. Jule durmió profundamente debido a aquellos largos días al sol.

La mañana siguiente, Forrest la llevó refunfuñando al hotel para recoger sus cosas. Cuando Jule volvió con la maleta, Immie había puesto cuatro jarrones con flores en la habitación. Cuatro. También había dejado libros en la mesa de noche: *La feria de las vanidades*, de Thackeray, y *Grandes esperanzas*, de Dickens, además de *La guía práctica de Martha's Vineyard*.

Así fue como comenzó una serie de días que pasaban uno detrás del otro. La gente de Immie, amigos de veraneo y de los libros, a los que había conocido en la playa o en el mercado, se paseaban por la casa. Nadaban en la alberca y ayudaban con la barbacoa y se reían con fuerza, agarrándose del pecho. La mayoría eran jóvenes: chicos guapos y amanerados y chicas igual de guapas y altas. Casi todos eran graciosos y poco atléticos, habladores y casi alcohólicos, universitarios o estudiantes de arte. Aparte de eso, tenían distintos orígenes y orientaciones sexuales. Imogen era una niña neoyorquina: con una mente abierta propia de la gente de la televisión, que era el único sitio donde Jule había visto a personas así, aparentemente muy segura en su propia conveniencia como amiga y anfitriona.

A Jule le llevó un día o dos adaptarse, pero pronto se encontró a gusto. Encandilaba a la gente con historias de Greenbriar, Stanford y, en menor medida, Chicago. Debatía con ellos con alegría cuando querían debatir algo. Coqueteaba con ellos y se olvidaba de sus nombres y se los hacía saber, porque olvidarlos los hacía admirarla y querer recordarla. Al principio, mandaba fotos a Patti Sokoloff y le escribía correos largos y optimistas, pero poco antes de que Imogen comenzara a ignorar a Patti, Jule también lo hizo.

Immie quería sentirse querida. El novedoso placer de hacerlo llenaba los días de Jule.

Un día, cuando llevaba viviendo allí dos semanas, Jule se quedó sola por primera vez. Forrest e Immie se habían ido a comer fuera. Había un nuevo restaurante al que Immie quería ir.

Jule se comió unas sobras enfrente de la televisión y después subió al piso de arriba. Se quedó en la puerta de la habitación de Immie durante un rato, mirando.

La cama estaba hecha. En la mesa había libros, un frasco de crema de manos, la funda de los lentes de Forrest y un cargador. Jule entró y abrió la botellita de perfume, se puso un poco y se frotó las muñecas.

Dentro del clóset había colgado un vestido que Imogen solía llevar a menudo. Era un vestido largo de color verde oscuro, de algodón fino, con un profundo escote por delante que hacía imposible usar brasier. Immie tenía el pecho plano, así que no importaba.

Sin pensarlo, Jule se quitó los pants, la camiseta desteñida y desgastada de Stanford y el brasier.

Se puso el vestido de Immie por la cabeza. Encontró un par de sandalias y la colección de anillos de Immie, ocho de los cuales tenían forma de animal, encima de la cómoda.

En la pared, descansaba un espejo grande de marco plateado. Jule volteó y se miró a sí misma con los ojos entrecerrados. Tenía el pelo recogido en una cola de caballo, pero
quitando eso, bajo la tenue luz de la habitación, se parecía
bastante a Immie.

Así que eso era lo que se sentía al sentarse en la cama de
Imogen y al llevar su perfume y sus anillos.

Immie se tumbaba en esa cama cada noche, al lado de
Forrest, pero él era reemplazable. Immie se ponía esa crema
en las manos, señalaba los libros con ese separador. Por las
mañanas, abría los ojos y veía esas sábanas verdes azuladas y
ese cuadro del mar. Eso era lo que se sentía al tener una casa
gigantesca, al no preocuparse por el dinero o la supervivencia, al sentirse querido por Gil y Patti.

Al vestirse de una manera tan fácil, tan hermosa.

—¿Perdón?

Immie estaba parada en la puerta. Llevaba unos shorts de
mezclilla y una sudadera de Forrest. Llevaba puesto en los
labios un labial rojo brillante que no solía ponerse. No se
parecía mucho a la Imogen que Jule tenía en la cabeza.

La vergüenza recorrió el cuerpo de Jule, pero sonrió.

—Pensé que no habría problema —dijo—. Necesitaba
un vestido. Me llamó este chico en el último minuto.

—¿Qué chico?

—El de Oak Bluffs, con el que hablé cuando me subí al
carrusel.

—¿Cuándo pasó?

—Me escribió ahorita y me preguntó si quería verlo en el
jardín de esculturas en media hora.

—Da igual —dijo Immie—. ¿Puedes quitarte mi ropa, por favor?

Jule se puso roja.

—No pensé que te importaría.

—¿Vas a cambiarte?

Jule se quitó la parte de arriba del vestido verde de Immie y levantó el brasier del suelo.

—¿Ésos también son mis anillos? —dijo Immie.

—Sí —dejó de fingir.

—¿Por qué te pusiste mi ropa?

Jule dio un paso hacia el vestido y lo colgó en el perchero. Se puso su propia ropa y cambió los anillos de la cómoda.

—No creo que haya alguien esperándote en el jardín de esculturas —dijo Immie.

—Piensa lo que quieras.

—¿Qué pasa?

—Siento haberme puesto tu ropa y no volveré a hacerlo, ¿está bien?

—Está bien —Imogen miró a Jule mientras metía las sandalias en el clóset y se ataba las agujetas—. Tengo una pregunta —dijo, mientras Jule intentaba pasar al pasillo.

La cara de Jule seguía roja. No quería hablar.

—No te vayas —dijo Immie—. Respóndeme una cosa, ¿ok?

—¿Qué?

—¿Estás arruinada? —preguntó Imogen.

Sí. No. Sí. Jule odiaba lo vulnerable que le hacía sentir esa pregunta.

—Sin un centavo —dijo, finalmente—. Sí, estoy sin un centavo.

Immie se tapó la boca.

—No lo sabía.

Y, así como si nada, Jule ya tenía la sartén por el mango.

—No pasa nada —dijo—, puedo conseguir un trabajo. Bueno, todavía no me he dado cuenta de que lo necesito.

—Debería haberme dado cuenta —Immie se sentó en la cama—. Sabía que no ibas a volver a Stanford y dijiste que no tenías relación con tu tía, pero no caí en lo malo que era. Verte llevar la misma ropa una y otra vez, no comprar nunca comida, dejarme pagar...

Ah, así que tenía que comprar comida. Era un código de comportamiento que Jule no había entendido hasta ahora, pero lo único que le dijo a Imogen fue: "No pasa nada".

—No, sí pasa, Jule. Lo siento de verdad —Immie se quedó callada durante un rato—. Creo que he dado por hecho cosas de tu vida que no debería y tampoco tenía que pedirte que me las contaras. No tengo mucha experiencia, imagino.

—Tienes suerte —Jule se encogió de hombros.

—Isaac siempre me decía que tenía una perspectiva limitada. Bueno, coge todo lo que quieras.

—Ahora me siento incómoda.

—No te sientas incómoda —Immie abrió el clóset, que estaba lleno de ropa—. Tengo más de lo que necesito.

Se acercó a Jule.

—Déjame arreglarte el pelo, tienes unos pasadores sueltos.

Jule tenía el pelo largo y recogido en una cola de caballo tirante. Ahora tenía la cabeza inclinada hacia delante mientras Immie recogía unos mechones de la nuca que se habían quedado sueltos.

—Deberías dejártelo corto —dijo Immie—. Te quedaría bien. No exactamente como el mío. Con el fleco un poco más largo, creo, y más suave por las orejas.

—No.

—Te llevaré a mi peluquero mañana, si quieres —insistió Immie—. Yo invito.

Jule movió la cabeza.

—Déjame hacer algo por ti —dijo Immie—. Te lo mereces.

El siguiente día, en Oak Bluffs, Jule se sentía ligera sin el peso de la melena. Era agradable que Imogen la cuidara. Le tomó prestado un labial después del corte, la llevó a cenar a un restaurante con vista al puerto y después de la comida se detuvieron en una joyería vintage.

—Quiero ver el anillo más raro que tengas a la venta —dijo Immie.

El dependiente se puso a buscar y sacó seis anillos en una bandeja de terciopelo. Imogen se los puso en los dedos con mucho respeto. Escogió uno de jade con forma de serpiente, lo pagó y le dio la caja de terciopelo azul a Jule.

—Éste es para ti.

Jule abrió la caja de inmediato y deslizó la serpiente en el dedo anular de la mano derecha.

—Soy demasiado joven para casarme —dijo—. No me des ideas.

Immie se rio.

—Te quiero —dijo despreocupadamente.

Era la primera vez que Immie usaba las palabras "te quiero".

El día siguiente, Jule tomó prestado el coche para comprar el propano para la parrilla en la ferretería del otro lado de la isla. También compró algo de comida. Cuando volvió, Imogen y Forrest estaban desnudos y abrazados en la alberca.

Jule se quedó parada en el interior de la puerta de cristal, mirándolos.

Era muy raro verlos besándose. La melena de Forrest estaba mojada y le caía por los hombros. Sus lentes oscuros estaban en el borde de la alberca y tenía aspecto de tonto sin ellas.

Parecía imposible. Jule estaba segura de que Imogen no podía querer o amar de verdad a Forrest. No era más que la idea de un novio: un comodín. Aunque él no lo supiera, era algo temporal, como los amigos universitarios o los estudiantes de arte que iban a cenar y no volvían a ver. Forrest no conocía los secretos de Immie. Ella no lo quería. Jule nunca se había imaginado que Imogen pudiera acariciarle la cara y besarlo y querer comérselo y estar loca por él, tal y como estaba en ese momento. Nunca había creído que Imogen pudiera desnudarse delante de él, tan indefensa como era.

Forrest la vio.

Jule dio un paso atrás, esperando que le gritara o la dejara en evidencia, pero Forrest, como si estuviera hablando de una niña, le dijo a Immie:

—Tu amiguita está aquí.

Imogen volteó y dijo:

—Adiós, Jule. Después nos vemos.

Jule se dio la vuelta y subió corriendo las escaleras.

Horas más tarde, Jule bajó las escaleras. Estaba escuchando un podcast en la cocina, que era algo típico de Imogen mientras cocinaba, y vio a Immie cortando unas calabacitas para la parrilla.

—¿Necesitas ayuda? —preguntó Jule. Se sentía muy incómoda. El hecho de haber sido testigo de aquella escena era vergonzoso. Podría arruinarlo todo.

—Siento el espectáculo porno —soltó Imogen a la ligera—. ¿Te importa cortar una cebolla morada?

Jule sacó una cebolla del cuenco.

—La primera vez que llegué a mi departamento en Londres —continuó Imogen— tenía dos amigas del salón que eran novias. Acababan de salir del clóset y ya sabes, se habían alejado de sus familias, así que se quedaban conmigo en agosto. Un día entré en casa y las vi haciéndolo en el suelo de la cocina, totalmente desnudas y a gritos. Debí entrar en el mejor momento, ¿sabes a lo que me refiero? Pensé, Dios, ¿vamos a poder mirarnos a la cara de nuevo? O sea, ¿cómo vamos a ir al bar, después de esto, y comer *fish and chips*? No me parecía posible, y tenía la intuición de que había perdido a dos amigas increíbles por haber llegado a casa en el momento equivocado, pero una de ellas me dijo: "Ay, siento el espectáculo porno", y empezamos a reírnos a carcajadas y todo salió bien. Así que pensé que diría lo mismo si alguna vez alguien me viera en la misma situación.

—¿Tienes una casa en Londres? —Jule miraba la cebolla mientras la iba cortando.

—Fue una inversión —dijo Immie—, y un poco capricho. Estaba en Inglaterra en un curso de verano. Mi asesor me había aconsejado invertir en un departamento y me encantaba la ciudad. Esa casa fue la primera que vi; fue una compra impulsiva en el país equivocado, sin duda, pero no me arrepiento. Está en un barrio muy bonito: St. John's Wood —Immie pronunció *Sin Jahn's Wood*—. Me la pasé como nunca decorándolo con mis amigos. Salimos por la ciudad y turisteamos: la Torre de Londres, el cambio de guardia, el museo de cera. Sobrevivíamos a base de galletas digestivas porque fue antes de que aprendiera a cocinar. Puedes quedarte allí cuando quieras, ya no lo uso.

—Deberíamos ir juntas —dijo Jule.

—Ah, te encantaría. Las llaves están justo aquí. Podríamos ir mañana —dijo Immie, y le dio una palmadita a la mochila que había en la mesa de la cocina—, y quizá deberíamos. ¿Te lo imaginas? ¿Tú y yo solas en Londres?

A Immie le encantaban las personas entusiastas. Quería que les gustara la música que le gustaba a ella, las flores que les regalaba, los libros que admiraba. Quería que les importara el olor de las especias o el sabor de un nuevo tipo de sal. No le importaban las discusiones, pero odiaba a la gente que era apática e indecisa.

Jule se leyó dos libros de huérfanos que Immie había puesto en la mesita de noche y todo aquello que Immie le había llevado a casa. Se aprendió de memoria las etiquetas de los vinos, de los quesos, párrafos de novelas, recetas. Fue amable con Forrest. Estuvo peleonera pero complaciente; feminista pero femenina; rabiosa pero amable; elocuente pero no dogmática.

Se dio cuenta de que, en realidad, modelarse a sí misma para complacer a Imogen era como correr: básicamente ganas fuerza kilómetro tras kilómetro, poco a poco desarrollas resistencia y, un día, te das cuenta de que te encanta.

Cuando Jule llevaba cinco semanas en la casa de Vineyard, apareció Brooke Lannon en el porche de Immie. Jule abrió la puerta.

Brooke entró y aventó las maletas al sofá. Su camisa de franela azul estaba desgastada y vieja y llevaba el pelo rubio y suave recogido en un moño.

—Immie, todavía existes, perra —dijo al entrar Immie en el salón—. Todo Vassar piensa que estás muerta. Nadie me creyó cuando les dije que me habías escrito la semana pasada —se dio la vuelta hacia Forrest—: ¿Éste es el chico? ¿El que...? —dejó la pregunta en el aire.

—Él es Forrest —dijo Immie.

—¡Forrest! —dijo Brooke, moviendo las manos—. Vamos, dame un abrazo.

Forrest la abrazó, incómodo.

—Es un placer conocerte.

—Siempre es un placer conocerme —dijo Brooke. Después señaló a Jule—: ¿Quién es ésta?

—No seas mala —dijo Immie.

—Estoy siendo encantadora —dijo Brooke—. ¿Quién eres? —le dijo a Jule.

Jule forzó una sonrisa y se presentó. No sabía que Brooke iba a ir y Brooke, claramente, tampoco sabía que Jule estaba allí.

—Imogen dice que eres su persona favorita en Vassar.

—Soy la persona favorita de todo el mundo en Vassar —dijo Brooke—, por eso me fui. Sólo eran doscientas personas; necesito más público.

Subió las maletas por las escaleras y se adueñó de la segunda mejor habitación de invitados como si fuera su casa.

5

Finales de junio, 2016
Martha's Vineyard, Massachusetts

Cinco semanas antes de que llegara Brooke, en su séptimo día en Martha's Vineyard, Jule agarró su bolsa y se subió a un autobús turístico por la isla. La mayoría de gente del autobús eran de esos que tachan los lugares de interés en las listas de las páginas de viajes, van en familia y en pareja y fuerte.

Por la tarde, los llevaron al faro de Aquinnah, que estaba en un sitio que, según explicó el guía, estuvo habitado al principio por la tribu Wampanoag y más tarde, en 1600, por los colonos ingleses. El guía empezó a hablar sobre la caza de ballenas mientras todo el mundo bajaba del autobús para mirar el faro. Desde el mirador también se podían ver los peñascos coloridos de la playa de Moshup, pero no se podía bajar al agua sin caminar un kilómetro bajo el sol.

Jule se alejó del mirador para ir a las tiendas de Aquinnah, un grupo de puestecitos que vendían souvenires, manualidades de los Wampanoag y comida. Se paseó por los quioscos, tocando los collares y las postales.

Quizá debería quedarse en Martha's Vineyard para siempre.

Podría conseguir un trabajo en una tienda o en un gimnasio, pasar los días en el mar, encontrar un sitio donde vivir. Podría dejar de intentar hacer cualquier cosa con ella misma, dejar de ser ambiciosa y simplemente aceptar la vida que se le ofrecía y agradecerla. Nadie se metería con ella. No tenía que buscar a Imogen Sokoloff si no quería hacerlo.

Cuando Jule se marchó de una tienda, un joven salió de la tienda de enfrente. Llevaba una bolsa de lona grande. Era de la edad de Jule; no, un poco mayor. Era delgado y de cintura estrecha, sin músculos, pero elegante y ágil, con una nariz curvada y buena estructura ósea. Llevaba el pelo recogido en un moño, unos pantalones negros de algodón tan largos que tenía los bajos deshilachados, unas chanclas y una camiseta en la que se leía LARSEN'S FISH MARKET.

—No sé por qué quieres entrar ahí —le dijo a su acompañante que, presumiblemente, seguía dentro de la tienda—. No tiene sentido comprar cosas inútiles.

No hubo respuesta.

—¡Immie! Ándale. Vamos a la playa —gritó el chico.

Y ahí estaba.

Imogen Sokoloff. Llevaba el pelo corto, como un duendecillo, más rubio que en las fotos, pero no cabía ninguna duda acerca de su identidad: era ella.

Salió de la tienda como si nada, como si Jule no llevara esperándola y buscándola días y días. Era guapa, pero, más que eso, estaba tranquila, como si la belleza no costara ningún esfuerzo.

Jule esperaba que Imogen la reconociera, pero no ocurrió.

—Estás muy payasito hoy —le dijo Immie al chico—. Eres un odioso cuando te pones así.

—Ni siquiera te compraste algo —dijo—. Quiero ir a la playa.

—La playa no se va a ningún lado —dijo Imogen, buscando en la mochila—. Y sí, compré algo.

El chico suspiró.

—¿Qué cosa?

—Es para ti —dijo. Sacó un paquetito de papel y se lo dio. Le quito la tapa y sacó una pulsera de madera.

Jule esperaba que el novio se enojara, pero en vez de eso sonrió. Se puso la pulsera y metió la cabeza en el cuello de Imogen.

—Me encanta —dijo él—. Es perfecta.

—Es una baratija —dijo ella—, y tú las odias.

—Pero me gustan los regalos —dijo él.

—Sé que te gustan.

—Vamos —dijo él—, el agua estará calentita.

Bajaron hasta el estacionamiento y se dirigieron al camino que llevaba a la playa.

Jule miró atrás. El guía turístico estaba saludando al grupo, haciendo gestos para que volvieran al autobús. Estaba previsto que saliera en cinco minutos.

No tenía modo de volver al hotel. Casi no le quedaba batería al celular y no sabía si podía llamar a un taxi en esa parte de la isla.

No importaba. Había encontrado a Imogen Sokoloff.

Jule dejó que el autobús se marchara sin ella.

4

Una semana antes, un policía paró a Jule en el control del aeropuerto.

—Si quiere llevar esa bolsa con usted, señorita, tendrá que poner esos productos de aseo en una bolsa transparente de plástico —le dijo el hombre. Tenía papada y llevaba un uniforme azul—. ¿No ha visto el letrero? No se permiten más de cien mililitros de líquido.

El policía revisó la maleta de Jule con un par de guantes azules de látex. Sacó el champú, el acondicionador, el protector solar y la crema corporal. Los tiró todos a la basura.

—Volveré a pasarla de nuevo —dijo, cerrando la bolsa—. No tendría por qué haber problema. Espere aquí.

Esperó. Intentó hacer como si supiera que había que separar los líquidos para viajar en avión y, simplemente, se le hubiera olvidado, pero las orejas se le pusieron rojas. Estaba furiosa por el desperdicio. Se sentía pequeña y falta de experiencia.

El avión era muy estrecho y los asientos de plástico estaban desgastados por años de uso, pero Jule disfrutó del vuelo: las vistas eran emocionantes. El día estaba nublado; el litoral bordeaba la costa, café y verde.

El hotel, que era un edificio victoriano con verjas blancas, estaba enfrente del puerto en Oak Bluffs. Jule dejó la maleta en la habitación y caminó unas calles hasta Circuit Avenue. La ciudad estaba abarrotada de turistas. Había un par de tiendas de ropa bonita; Jule necesitaba ropa, tenía las tarjetas de regalo de Visa y sabía lo que le sentaba bien, pero dudó.

Observó a las mujeres que entraban allí. Llevaban jeans o minifaldas de algodón y sandalias abiertas de colores apagados y azul marino. Las bolsas eran de tela, no de cuero. Los labiales eran de color carne o rosa, ninguno rojo. Algunas llevaban pantalones blancos y alpargatas. No se les veía el brasier y llevaban aretes minúsculos.

Jule se quitó los tacones y los metió en la bolsa. Volvió a las tiendas, donde compró unos jeans *boyfriend*, tres camisetas de tirantes, una chamarra larga y suelta, alpargatas, un vestido veraniego blanco y, más tarde, una bolsa de tela con flores grises. Pagó con la tarjeta y sacó dinero de un cajero.

Se paró en la esquina y pasó la identificación, el dinero, el maquillaje y el teléfono a la bolsa nueva. Llamó a los servicios de facturación y especificó el método de pago con el número de la tarjeta. Llamó a su Lita, y le dejó un mensaje de voz pidiéndole perdón.

En el hotel, Jule hizo ejercicio, se baño, se puso el vestido blanco y se hizo ondas en el pelo. Tenía que encontrar a Imogen, pero podía esperar al día siguiente.

Se acercó a un restaurante de mariscos que daba al muelle y pidió un sándwich de langosta. Pero no resultó lo que esperaba: no eran más que unos trozos de langosta hervida con mayonesa en un pan tostado de hot dog. Se lo había imaginado como algo más elegante.

Lo cambió por un plato de papas fritas y se las comió.

Era extraño pasear por la ciudad sin tener nada que hacer. Jule terminó en el carrusel, que estaba bajo techo en un edificio oscuro y viejo que olía a palomitas. Un cartel señalaba que Caballos Voladores era el "carrusel más antiguo de América".

Compró un boleto. No había mucha gente, sólo unos pocos niños y sus hermanos mayores. Los padres miraban sus teléfonos en la zona de espera. La música era antigua y Jule escogió un caballo del lado exterior.

Cuando se puso en funcionamiento, vio a un chico que estaba sentado en un poni a su lado. Era musculoso, con los deltoides y los dorsales bien desarrollados: posiblemente fuera escalador, pero seguro que no era un chico de gimnasio. Tenía algo de ascendencia blanca y asiática, imaginó Jule. Tenía el pelo oscuro y espeso, un poco largo. Parecía que había estado tomando el sol.

—Me siento un perdedor en este momento —le dijo al empezar a moverse el carrusel—. No fue una buena idea —su acento era neutro.

—¿Por qué? —coincidió Jule.

—Náuseas. Me dieron de golpe en cuanto empezamos a movernos. Uf. Además, soy la única persona de este carrusel que tiene más de diez años.

—Aparte de mí.

—Aparte de ti. Me subí a este carrusel una vez cuando era niño, cuando mis papás vinieron aquí de vacaciones. Esta tarde estaba esperando el ferry y tenía una hora libre, así que pensé ¿por qué no? Por los viejos tiempos —se frotó la frente con una mano—. ¿Por qué estás aquí? ¿Tienes algún hermanito o hermanita por aquí?

Jule movió la cabeza.

—Me gusta el viaje.

Cruzó el espacio que había entre ellos y le extendió la mano.

—Soy Paolo Santos. ¿Y tú?

Le estrechó la mano con dificultad, ya que ambos caballitos habían comenzado a moverse.

Ese chico se iba de la isla. Jule sólo iba a hablar con él un minuto o dos y después no volvería a verlo. No tenía mucho sentido; fue un impulso, pero le mintió.

—Imogen Sokoloff.

Le daba gusto decir ese nombre. Era bonito, después de todo, ser Imogen.

—Ah, ¿eres Imogen Sokoloff? —Paolo echó atrás la cabeza, riendo y levantando las cejas—. Debería haberlo imaginado. Había escuchado que podías estar en Vineyard.

—¿Sabías que estaba aquí?

—Debería explicarme. Te dije un nombre falso. Lo siento mucho, esto puede parecer extraño. Sólo es falso el apellido. Me llamo Paolo de verdad, pero no Santos.

—Ah.

—Lo siento —se volvió a frotar la frente—. Es raro, pero pensé que sólo íbamos a hablar durante unos minutos. A veces, cuando viajo me gustaría ser otra persona.

—No pasa nada.

—Soy Paolo Vallarta-Bellstone. Mi padre, Stuart, fue a la escuela con tu papá. Seguro lo conoces.

Jule levantó las cejas. Había oído hablar de Stuart Bellstone. Era un empresario importante que acababa de ir a la cárcel por lo que las noticias llamaban "el escándalo bancario D y G". Su foto había estado en todos los noticieros dos meses antes, cuando el juicio había terminado.

—He jugado golf con tu padre y el mío muchísimas veces —continuó Paolo—, antes de que Gil se pusiera mal. Siempre hablaba de ti. Fuiste a Greenbriar y después empezaste en… Vassar, ¿no?

—Sí, pero lo dejé después del trimestre de otoño —dijo Jule.

—¿Y eso?

—Es una historia larga y aburrida.

—Anda. Así me distraes del mareo y no me pongo mal contigo. Todos ganamos.

—Mi padre decía que salía mucho de fiesta y que no di el máximo en el primer trimestre —dijo Jule.

—Se arrepiente de haberlo dicho. ¿Qué le respondiste tú? —rio Paolo.

—Le dije… que quería una vida distinta a la que se suponía que estaba escrita para mí —dijo Jule, despacio—. Venir aquí fue una manera de conseguirlo.

El carrusel se fue deteniendo poco a poco. Se bajaron de los caballitos y salieron. Paolo agarró su mochila grande en la esquina donde la había guardado.

—¿Quieres ir a tomar un helado? —preguntó—. Conozco la mejor heladería de la isla.

Caminaron hasta una tiendecita. Discutieron sobre la cobertura de chocolate caliente y la de jarabe de caramelo y terminaron acordando que ambos juntos eran la mejor solución.

—Es muy gracioso que estés aquí ahora mismo, es como si nos hubiéramos visto un millón de veces.

—¿Cómo sabías que estaba en Martha's Vineyard?

Paolo se comió una cucharada del helado.

—Te volviste famosa, Imogen, al dejar las clases, al irte y aparecer aquí. Para ser sinceros, tu padre me pidió que te llamara cuando estuviera en la isla.

—No es verdad.

—Sí. Me mandó un correo. ¿Lo ves? Te llamé hace seis días —sacó un iPhone y le enseñó las llamadas recientes.

—Eso me asusta un poco.

—No, tranquila —dijo Paolo—. Gil quiere saber cómo estás, eso es todo. Me dijo que no le tomabas las llamadas, que habías dejado las clases y que estabas en Vineyard. Si te veía, tenía que decirle que estabas bien. Quería que te contara que lo van a operar.

—Sé que lo van a operar, estaba en casa con él.

—Así que mis esfuerzos han sido en vano —dijo Paolo, encogiéndose de hombros—. No será la única vez.

Volvieron al muelle y observaron los barcos. Paolo le contó que viajaba para escapar de la mala reputación de su padre y los efectos secundarios en su familia. Había terminado la universidad en mayo y estaba pensando en ir a la facultad de medicina, pero quería conocer mundo antes de comprometerse. Iba a pasar una noche en Boston antes de irse en avión a Madrid. Un amigo y él iban a estar de mochileros durante más o menos un año: primero Europa, después Asia y, para terminar, Filipinas.

Su ferry había llegado. Paolo le dio un beso rápido a Jule en los labios antes de irse. Fue un beso tierno y desenvuelto, nada agobiante. Sus labios estaban un poco pegajosos por el jarabe de caramelo.

A Jule le sorprendió el beso. No quería que la tocara, no quería que nadie la tocara nunca, pero cuando los labios carnosos y suaves de Paolo acariciaron los suyos, le gustó.

Le acarició el cuello con la mano, lo empujó hacia ella y lo volvió a besar. Era un chico hermoso, pensó. Nada dominante ni sudoroso, nada acaparador ni violento, nada condescendiente. Tampoco adulador o vulgar. Su beso fue tan tierno que tuvo que apoyarse sobre él para sentirlo por completo.

Deseó haberle dicho su nombre verdadero.

—¿Puedo llamarte? —preguntó—. Bueno, ¿otra vez? No por tu padre.

No, no.

Paolo no podía volver a llamar al teléfono de Imogen. Si lo hacía, se daría cuenta de que no era la Imogen que había conocido.

—Mejor no —dijo Jule.

—¿Por qué no? Estaré en Madrid y después por cualquier otro sitio, pero podríamos… Podríamos hablar, simplemente, de vez en cuando, sobre el chocolate caliente y el jarabe de caramelo o sobre tu nueva vida.

—Estoy con alguien —dijo Jule, para detenerlo.

Paolo puso cara larga.

—Ah, claro, claro que tienes pareja. Bueno, de cualquier modo, tienes mi teléfono —dijo—. Te dejé un mensaje hace tiempo, empieza por 646, así que puedes llamarme si te *desemparejas*, o como se diga. ¿Sale?

—No voy a llamarte —dijo Jule—, pero gracias por el helado.

Pareció algo dolido, pero después sonrió.

—Cuando quieras, Imogen.

Se echó la mochila a la espalda y se fue.

Jule vio al ferry marcharse desde el muelle. Después se quitó las alpargatas, caminó por la arena y metió los pies en el agua. Pensó que Imogen Sokoloff habría hecho eso, habría saboreado el ligero sentimiento de tristeza y la belleza de la vista del muelle mientras se sujetaba de su precioso vestido blanco por encima de las rodillas.

3

Una semana antes de ir a Martha's Vineyard, Jule se vio con Patti Sokoloff en una terraza con vista a Central Park. El sol ya se había puesto y el parque se extendía en forma de rectángulo oscuro rodeado de faroles.

—Me siento como Spiderman —soltó Jule—. Él vigila la ciudad por las noches.

Patti asintió. Los rizos de su cabello, grandes y de peluquería, le caían sobre los hombros. Llevaba un saco largo encima de un vestido de color miel y unos zapatos planos muy bonitos. Sus pies parecían viejos y llevaba curitas en los talones y en los dedos.

—Immie tuvo un novio que vino una vez aquí a una fiesta —le dijo a Jule—. Dijo lo mismo sobre la vista. Bueno, él habló de Batman, pero es lo mismo.

—No es lo mismo.

—Bueno, pero los dos son huérfanos —dijo Patti—. Batman perdió a sus papás muy pronto, igual que Spiderman, que vive con su tía.

—¿Lees cómics?

—Nunca, pero corregí el trabajo de Immie de la universidad unas seis veces. Decía que Spiderman y Batman eran descendientes de todos los huérfanos de las novelas victorianas que le gustan. A Immie le gustan mucho las novelas de la época victoriana, ¿lo sabías? Es algo que va con su personalidad. Ya sabes, algunas personas se definen como deportistas, luchadores por la justicia social, niños actores... Immie se describe a sí misma como lectora de novelas victorianas. No es la mejor estudiante, pero le gusta mucho la literatura. Para el trabajo de la universidad, escribió que en estas historias ser huérfano es una condición indispensable para convertirse en un héroe. También decía que los héroes de estos cómics no son solamente héroes, sino "personajes complejos que tienen compromisos morales en la misma línea que los huérfanos de las novelas victorianas"; creo que ésas fueron las palabras exactas del trabajo.

—Solía leer cómics en la prepa —dijo Jule—, pero en Stanford no me daba tiempo.

—Gil creció leyendo cómics, pero yo no, e Immie tampoco, en realidad. Los superhéroes fueron solamente una introducción para explicarle por qué los libros de ayer son importantes para los lectores de hoy. Todo eso de Batman lo sacó de ese novio del que te platiqué antes.

Se dieron la vuelta y entraron. El ático de los Sokoloff era espectacular y moderno, pero estaba desordenado con montones de libros, revistas y recuerdos. El piso de todas las habitaciones era de madera blanca. Había un cocinero preparando la cena. La mesa del desayuno estaba llena de correspondencia, frascos de pastillas y paquetes de pañuelos desechables. En el centro del salón había dos sillones enormes de cuero; a su lado, un respirador.

Gil Sokoloff no se levantó cuando Patti entró con Jule a la habitación. Sólo tenía cincuenta años, pero tenía marcas de dolor al lado de la boca y le colgaba la piel del cuello. Tenía cara de europeo del Este y tenía una melena canosa espesa y rizada. Llevaba unos pants y una camiseta gris. En la nariz y en las mejillas tenía las venas muy marcadas. Se inclinó despacio, como si el hecho de moverse le doliera, apretó la mano de Jule y le presentó a dos perros blancos y regordetes: Snowball y Snowman. También le presentó a los tres gatos de Imogen.

Más tarde, fueron directamente a cenar al comedor. Gil arrastraba los pies y Patti caminaba despacio a su lado. El cocinero les sacó los tazones y los platos y después los dejó solos. Comieron chuletas de cordero y risotto de champiñones. Gil pidió su tanque de oxígeno a mitad de la comida.

Mientras comían el queso, hablaron sobre los perros, que eran nuevos.

—Nos han destrozado la vida —dijo Patti—. Cagan todo el tiempo. Gil los deja hacerlo en la terraza, ¿lo puedes creer? Salgo por las mañanas y ahí está, la caca apestosa del perro.

—Lloriquean para que los saque antes de que te despiertes —dijo Gil, sin mostrar arrepentimiento. Se puso la máscara de oxígeno a un lado para poder hablar—. ¿Qué se supone que tengo que hacer?

—Después tenemos que limpiarlo con un spray blanqueador y se quedan las manchas en la madera —dijo Patti—. Es asqueroso. Aun así, es lo que haces cuando quieres a un animal, los dejas cagarse en la terraza, supongo.

—Imogen siempre traía a la casa gatos callejeros —dijo Gil—. En la preparatoria, cada dos o tres meses traía otro gatito.

—Algunos no conseguían sobrevivir —dijo Patti—. Los encontraba en la calle y tenían bronquitis o algún otro virus. Morían de un modo muy triste e Immie se quedaba hecha polvo. Después se fue a Vassar y nos quedamos con estos chicos —Patti acarició a uno que paseaba por debajo de la mesa de la cocina—. Sólo nos daban problemas y ellos como si nada.

Como cualquier exalumna de Greenbriar, Patti tenía historias de sus días de escuela.

—Teníamos que llevar mallas o calcetas hasta la rodilla con el uniforme durante todo el año —dijo—, y en verano estábamos súper incómodas. En la prepa, a finales de los setenta, algunas íbamos sin ropa interior para estar frescas. ¡Calcetas hasta la rodilla sin calzones! —le dio un golpecito a Jule en el hombro—. Immie y tú tienen suerte de que los uniformes hayan cambiado. ¿Escuchaban música en Greenbriar? El otro día parecías muy emocionada tarareando a Gershwin.

—Un poco.

—¿Te acuerdas del concierto de invierno?

—Claro.

—Es que puedo verlas a ti y a Imogen, juntas. Eran las niñas más pequeñas de la secundaria. Todos cantaban villancicos y Caraway cantó el solo. ¿Te acuerdas?

—Claro que sí.

—Iluminaron el salón de baile para las vacaciones y pusieron el árbol en la esquina. También pusieron un menorá, pero la verdad es que no querían hacerlo —dijo Patti—. Ah, mierda, voy a ponerme sensible si pienso en Immie con ese vestido de terciopelo azul. Se lo regalé para ese concierto, era azul marino y tenía holanes en la parte delantera.

—Immie me salvó en mi primer día en Greenbriar —dijo Jule—. Me empujaron en la cola de la cafetería y la salsa de los espaguetis me salpicó toda la camiseta. Me quede ahí parada, mirando a esas chicas brillantes con ropa limpia. Todo el mundo ya se conocía de la escuela —la historia fluía con facilidad. Patti y Gil eran buenos oyentes—. ¿Cómo iba a sentarme en la mesa de cualquiera cuando tenía salsa, como si fuera sangre, por todo el cuerpo?

—Ay, pequeña mía.

—Immie se acercó a zancadas, me quitó la bandeja de las manos, me presentó a todos sus amigos e hizo como si no viera el desastre de mi camiseta, así que sus amigos hicieron lo mismo. Y eso fue todo —dijo Jule—. Era una de mis personas favoritas, pero perdimos el contacto cuando me mudé.

Más tarde, en el salón, Gil se sentó en el sofá con el tubo de oxígeno en la nariz. Patti sacó una foto de un álbum de papel dorado.

—Me vas a dejar enseñarte unas fotos, ¿verdad?

Miraron las fotografías antiguas. Jule pensó que Imogen estaba verdaderamente guapa, tan pequeña y picarona. Tenía el pelo claro y unos hoyuelos profundos que más tarde se convertirían en unos pómulos pronunciados. En muchas de las fotos se le veía posando en algún destino atractivo: "Fuimos a París", decía Patti, o "Visitamos una granja" o "Éste es el carrusel más antiguo de América". Immie llevaba faldas y mallas de rayas. Tenía el pelo largo en la mayoría de las imágenes e iba algo despeinada. En las fotos posteriores, aparecía con brackets.

—Nunca tuvo ningún amigo adoptado después de que te fueras de Greenbriar —dijo Patti—. Siempre he pensado que le fallamos en eso —Patti se inclinó—. ¿Tú lo tuviste? ¿Un grupo de familias como la tuya?

Jule respiró hondo.

—No lo tuve.

—¿Sientes que tus papás te fallaron? —preguntó Patti.

—Sí —dijo Jule—, mis padres me fallaron.

—Pienso tantas veces que deberíamos haber educado a Immie de otra manera, haber hecho más, haber hablado de las cosas difíciles —Patti empezó a divagar, pero Jule no la escuchaba.

Los padres de Julietta habían muerto cuando tenía ocho años. Su madre falleció por una larga y horrible enfermedad. Poco después, su padre se desangró desnudo en la tina.

A Julietta la había criado otra persona, una tía, en una casa que no era un hogar.

No. No iba a pensar en ello más, estaba borrándolo de su memoria.

Estaba escribiendo una historia nueva, el origen de la historia. En esa versión, el salón estaba destrozado en mitad de la noche. Sí, así era. Aún no había terminado la historia, pero lo había hecho lo mejor que había podido. Vislumbró a sus padres en el círculo de luz que proyectaba el farol, muertos en el jardín con la sangre oscura debajo de ellos.

—Tenemos que ir al grano —dijo Gil, respirando con dificultad—. La chica no tiene toda la noche.

Patti asintió.

—Lo que no te hemos contado, por qué estás aquí, es porque Imogen se fue de Vassar después del primer trimestre.

—Creemos que sale con esa gente fiestera —dijo Gil—. No da el máximo en las clases.

—Bueno, nunca le gustó la escuela —dijo Patti—. Obviamente no como te gusta a ti Stanford, Jule. De todos modos dejó Vassar sin ni siquiera decírnoslo, y eso fue un mes antes de que estuviéramos en contacto. Estábamos muy preocupados.

—Tú estabas preocupada —dijo Gil, inclinándose—, yo estoy furioso. Imogen es una irresponsable, pierde el celular o se olvida de encenderlo. Como que no es de las que llama, escribe o así.

—Resulta que se fue a Martha's Vineyard —dijo Patti—. Solíamos ir siempre como una familia y, al parecer, huyó allí. Nos dijo que rentó una casa, pero no nos ha dado la dirección, ni siquiera la localidad.

—¿Por qué no van a verla? —preguntó Jule.

—No puedo ir a ningún sitio —dijo Gil.

—Tiene que ir a diálisis de riñón todos los días, es agotador. Y tiene que seguir unos pasos —dijo Patti.

—Me va a salir pronto todo lo que tengo dentro —dijo Gil— y voy a llevarlo en una bolsa.

Patti se inclinó y le dio un beso en la mejilla.

—Así que pensamos que podrías tener ganas de pasar por allí, Jule, por Vineyard. Pensamos contratar a un detective...

—Tú lo pensaste—dijo Gil—; es una tontería.

—Se lo pedimos a algunos amigos de la escuela, pero no quieren meterse —dijo Patti.

—¿Qué quieren que haga? —preguntó Jule.

—Asegúrate de que está bien. No le digas que te enviamos, pero escríbenos para que sepamos cómo van las cosas —dijo Patti—. Intenta convencerla de que vuelva a casa.

—No estás trabajando este verano, ¿no? —preguntó Gil—. ¿Ninguna práctica o algo de eso?

—No —dijo Jule—. No tengo trabajo.

—Obviamente, te pagaremos los gastos en Vineyard —dijo Gil—. Podemos darte tarjetas de regalo con un par de miles de dólares y te pagaremos un hotel.

Los Sokoloffs eran tan confiados, tan amables. Tan estúpidos. Los gatos, los perros que se cagaban en la terraza, el respirador de Gil, los álbumes llenos de fotos, la preocupación por Imogen, hasta la intromisión; el desorden, las chuletas, la conversación alegre que tenían, todo era maravilloso.

—Estaré encantada de ayudarlos —les dijo Jule.

Jule tomó el metro para volver al departamento. Abrió la computadora, hizo una búsqueda y pidió una camiseta roja de la Universidad de Stanford.

Cuando llegó unos días más tarde, jaloneó el cuello de la camiseta hasta que se agrandó y echó spray blanqueador en la parte de abajo para que se quedara la mancha.

La lavó varias veces seguidas hasta que quedó suave y con aspecto avejentado.

2

Segunda semana de junio, 2016, todavía
Nueva York

Un día antes de la cena en casa de Patti, Jule se detuvo en una calle en la parte alta de Manhattan con un papel en las manos donde estaba escrita una dirección. Eran las diez de la mañana. Llevaba un vestido de algodón negro muy favorecedor con escote rectangular. Los tacones también eran negros, tenían el talón abierto y la punta pronunciada, pero eran demasiado pequeños para ella, así que llevaba un par de tenis en la mochila. Se había maquillado como pensaba que lo haría una universitaria y llevaba el pelo recogido en un moño.

La escuela de Greenbriar ocupaba un conjunto de mansiones a lo largo de la Quinta Avenida con la calle 82 que habían sido renovadas. La fachada de piedra de la escuela superior, donde Jule iba a trabajar, llegaba hasta el quinto piso. Un grupo de escalones curvados daban paso a unas estatuas en la entrada. Las puertas eran grandes y dobles y la apariencia era la de un sitio donde podías recibir una educación poco usual.

—El acto es en el salón de baile —dijo el de seguridad cuando entró Jule—. Las escaleras de la derecha, segundo piso.

El suelo de la entrada era de mármol. Había una señal que indicaba "OFICINA PRINCIPAL" a la izquierda y un pizarrón de corcho al lado que enumeraba los destinos de los graduados: Yale, Penn, Harvard, Brown, Williams, Princeton, Swarthmore, Dartmouth y Stanford. A Jule le parecían destinos de ficción. Era extraño verlos escritos como un poema: cada nombre ocupaba una línea y evocaba algo inmenso.

Al final de las escaleras, el pasillo se abría al salón de baile. La mujer que estaba al cargo, con saco rojo, se presentó dándole la mano:

—¿Es del catering? Bienvenida a Greenbriar —dijo—. Me alegra que pueda ayudarnos hoy. Soy Mary Alice McIntosh, presidenta de la recaudación de fondos.

—Encantada de conocerla. Soy Lita Kruschala.

—Greenbriar ha sido una escuela pionera en la educación de las mujeres desde 1926 —dijo McIntosh—. Tenemos tres mansiones señoriales que originalmente eran residencias privadas. Los edificios son nuestros puntos de referencia y nuestros contribuyentes son filantrópicos y defensores de la educación de mujeres.

—¿Es una escuela de chicas?

McIntosh le tendió a Jule un delantal negro deshilachado.

—Los estudios demuestran que en las escuelas separadas las chicas hacen cursos menos tradicionales, como el de ciencias avanzadas. Se preocupan menos por su aspecto, son más competitivas y tienen una mejor autoestima —lo recitó como si fuera un discurso que hubiera dado mil veces—.

Hoy esperamos aquí a cientos de invitados con música y pases de boletos para los bocadillos. Después habrá un almuerzo arriba en los salones del tercer piso —McIntosh acompañó a Jule al salón de baile, donde estaban cubiertas todas las mesas con manteles blancos—. Las chicas vienen aquí para hacer asambleas los lunes y los viernes y a mitad de semana lo usamos para hacer yoga y escuchar conferencias.

Las paredes del salón de baile estaban decoradas con óleos. Había un fuerte olor a cera de muebles. Del techo colgaban tres lámparas y en una de las esquinas había un piano de cola. Era difícil creer que la gente fuera a la escuela en aquel lugar.

McIntosh le presentó a Jule al supervisor del catering. Jule le dijo que se llamaba Lita y se abrochó el delantal por encima del vestido. El supervisor la mandó a doblar servilletas, pero en cuanto de dio la vuelta Jule cruzó el pasillo y le echó un vistazo al salón de clase.

Estaba llena de libros. Había una pantalla interactiva en una pared y una fila de computadoras en otra, pero el centro del salón parecía antiguo. Había una alfombra roja y cara en el suelo. Unas sillas pesadas rodeaban una mesa vieja y amplia. En el pizarrón, la profesora había escrito:

Tema a desarrollar, diez minutos:
   "Esto es lo importante: ser capaz, en cualquier momento, de sacrificar lo que somos por aquello que podríamos ser."

Charles Du Bos

Jule tocó el borde de la mesa. Se sentaría en ese asiento, lo había decidido. Sería su lugar habitual, de espaldas a la luz de la ventana y con vista a la puerta. Discutiría sobre la cita de Du Bos con las otras estudiantes. La profesora, una mujer de negro, se acercaría a ellas, no en modo amenazante sino inspirador. Las llevaría a la excelencia. Pensaría que sus chicas eran el futuro.

Alguien tosió. El supervisor del catering estaba parado en el salón donde se encontraba Jule. Señaló a la puerta. Jule la siguió de vuelta al montón de servilletas y empezó a doblarlas.

Apareció un pianista, animado, en el salón de baile. Estaba flacucho y era pecoso, pálido y pelirrojo. Las mangas del saco le quedaban muy cortas. Sacó las partituras, miró el celular durante un minuto o dos y después empezó a tocar. La música era contundente y algo clásica. Hacía brillar la habitación, como si la fiesta ya hubiera comenzado. Cuando terminó con las servilletas, Jule se acercó:

—¿Qué canción es?

—Gershwin —dijo el pianista, con desdén—. Es un almuerzo muy Gershwin. A la gente con dinero le encanta Gershwin.

—¿A ti no?

—Paga la renta —se encogió de hombros sin dejar de tocar.

—Creía que la gente que tocaba pianos de cola tenía dinero.

—Normalmente tenemos deudas.

—¿Y quién es Gershwin entonces?

—¿Quién era Gershwin? —el pianista dejó de tocar y empezó otra canción nueva. Jule observó sus manos recorriendo el teclado y la reconoció: "Summertime and the livin' is easy".

—Ésa la conozco —dijo—. ¿Está muerto?

—Desde hace tiempo. Era de la década de los veinte y los treinta. Fue de la primera generación de inmigrantes. Su padre era zapatero, llegó a la escena teatral yiddish, empezó a escribir canciones de jazz comerciales a cambio de dinero rápido y después hizo música para películas. Más tarde, música clásica y ópera. Al final acabó formando parte de la clase alta, pero empezó de la nada.

Ser capaz de tocar un instrumento era algo increíble, pensó Jule. Sea lo que sea lo que te ocurra, lo que te pase en la vida, puedes mirarte las manos y pensar: *Toca el piano.* Siempre sabrás eso sobre ti.

Se dio cuenta de que era como ser capaz de pelear y de cambiar de acento. Eran poderes que vivían en tu cuerpo. Nunca te dejarán, sin importar cómo seas ni quién te quiera o te odie.

Una hora más tarde, el supervisor del catering dio un golpecito a Jule en el hombro.

—Te manchaste con salsa de coctel, Lita —dijo—, y también con crema. Ve a arreglarte y te daré otro delantal.

Jule miró hacia abajo. Se quitó el delantal y se lo dio.

Había alguien en el baño más cercano al salón de baile, así que Jule subió las escaleras de piedra hasta el tercer piso. Distinguió un par de salones elegantes cuyas mesas estaban decoradas con ramos de flores rosas. Los invitados se daban la mano y eran víctimas de presentaciones.

En el sanitario de mujeres, había un vestíbulo tapizada de color verde y dorado con un sofá pequeño y recargado en su interior. Jule entró y abrió la puerta del baño. Adentro, se quitó los zapatos de Lisa. Tenía los dedos de los pies hinchados y le sangraban los talones. Los secó con un trozo de papel mojado y después se frotó el vestido hasta que le quedó limpio.

Retrocedió descalza hasta el vestíbulo, donde se encontró a una mujer de cincuenta y tantos sentada en el sofá. La mujer era guapa, muy del estilo de la zona alta de Manhattan: un cuidado rubor en el rostro y una melena teñida de castaño. Llevaba un vestido de seda verde que la mimetizaba con el sofá de terciopelo verde y el papel verde y dorado de la pared. Llevaba las piernas al descubierto y se estaba poniendo unas curitas en las ampollas de los dedos de los pies. Sobre el suelo descansaban un par de tacones de tiras.

—El calor me hincha los pies —dijo la mujer—, y cuando pasa eso el dolor ya no se va, ¿verdad?

—¿Podría darme una curita? —preguntó Jule con un acento similar al de la mujer.

—Tengo una caja entera —respondió la mujer. Rebuscó en una bolsa enorme y la sacó—. Vine preparada —llevaba las uñas de las manos y de los pies pintadas de rosa claro.

—Gracias —Jule se sentó a su lado y se las puso.

—No te acuerdas de mí, ¿verdad? —dijo la mujer.

—Yo…

—No te preocupes. Yo sí me acuerdo de ti. Mi hija Immie y tú siempre fueron como dos gotas de agua con esos uniformes. Las dos tan pequeñas, con esas pequitas tan simpáticas en la nariz.

Jule parpadeó.

La mujer sonrió.

—Soy la madre de Imogen Sokoloff, cariño. Llámame Patti. Viniste a la fiesta de cumpleaños de Imogen el primer año, ¿te acuerdas? La pijamada, cuando hicimos pasteles. Immie y tú solían ir de compras por el Soho. Ah, ¿te acuerdas de que te llevamos a ver *Coppélia* al American Ballet Theatre?

—Claro que sí —dijo Jule—, siento no haberte reconocido al verte.

—No pasa nada —dijo Patti—. Tengo que confesarte que me he olvidado de tu nombre, aunque nunca olvido una cara. Tenías ese pelo azul tan gracioso.

—Soy Jule.

—Claro. Estuvo tan bien que Immie y tú fueran amigas ese primer año de la prepa. Cuando te fuiste, empezó a salir con esos chicos de Dalton. No me gustaban nada. Creo que sólo hay unas pocas graduadas aquí en la gala benéfica. ¿No conoces a ninguna? Son todas mujeres mayores como yo.

—Me mandaron la invitación y vine por lo de Gershwin —dijo Jule— y para ver este lugar después de haberme ido.

—Qué bien que te guste Gershwin —dijo Patti—. Cuando yo era adolescente, sólo me gustaba el punk, y a los veinte años nada más escuchaba a Madonna y eso. ¿A qué universidad vas?

Un brinco. Una oportunidad. Jule tiró el envoltorio de las curitas en la basura.

—Stanford —respondió—, pero no estoy segura de que vaya a volver en otoño —puso los ojos en blanco en un ademán cómico—. Estoy en guerra con la oficina de asistencia financiera —todo lo que le contaba a Patti le sabía delicioso, como un caramelo derretido.

—Qué desagradable —dijo Patti—. Pensaba que prestaban buena ayuda financiera allí.

—Normalmente sí —dijo Jule—, pero a mí no.

Patti miró seriamente a Jule.

—Creo que funcionará. Viéndote, puedo asegurar que no vas a dejar que se te cierre ninguna puerta en la cara. Escucha, ¿estás trabajando en verano, de prácticas o algo así?

—Aún no.

—Entonces tengo una idea que quiero contarte. Es una locura que estoy pensando, pero puede que te interese —sacó una tarjeta de color crema de la bolsa y se la dio a Jule. Tenía escrita una dirección en la Quinta Avenida—. Ahora me tengo que ir a casa con mi marido, no se encuentra bien, pero ¿por qué no vienes a cenar a casa mañana por la noche? Sé que a Gil le encantará conocer a una antigua amiga de Immie.

—Gracias, me encantaría.

—¿A las siete?

—Ahí estaré —dijo Jule—. Ahora, ¿nos atrevemos a ponernos los zapatos?

—Ah, supongo que no nos queda otra —dijo Patti—. A veces es muy difícil ser mujer.

1

Primera semana de junio, 2016
Nueva York

Seis horas antes, a las ocho de la noche, Jule salía del metro en un barrio peligroso de Brooklyn. Llevaba todo el día buscando trabajo; era la cuarta vez consecutiva que se ponía su mejor vestido.

No había tenido suerte.

Su departamento estaba encima de una bodega cubierta por un toldo amarillo sucio: el mercado Joyful Food. Era viernes por la noche y había grupos de gente en la esquina de la calle, hablando en voz alta. Los botes de basura de la banqueta estaban desbordados.

Jule sólo llevaba viviendo allí cuatro semanas. Compartía departamento con una compañera, Lita Kruschala. Tenía que pagar la renta y no tenía manera de hacerlo.

No era muy amiga de Lita. Se conocieron cuando Jule respondió a un anuncio que había encontrado por internet. Antes de eso se había estado quedando en un albergue y había utilizado la red de la biblioteca pública para buscar habitación en un departamento compartido.

Cuando fue a ver el departamento, Lita ofrecía la sala como habitación. Estaba separada de la cocina con una cortina. Lita le contó a Jule que su hermana se acababa de regresar a Polonia y ella prefería quedarse en Estados Unidos. Hacía el aseo en casas y trabajaba para una empresa de catering para ganar dinero. No tenía papeles para trabajar en Estados Unidos, pero daba clases de inglés en la Asociación de Jóvenes Cristianos.

Jule le dijo a Lita que trabajaba como entrenadora personal. Eso es lo que había hecho en Florida y Lita se lo creyó. Jule le había pagado por adelantado y en efectivo la renta de un mes. Lita no le había pedido la identificación y Jule nunca había pronunciado el nombre Julietta.

Algunas tardes, los amigos de Lita pasaban por allí, hablaban en polaco y fumaban cigarros. Preparaban guisos de carne y papas cocidas en la cocina. Durante esas noches, Jule se ponía los audífonos y se acurrucaba en la cama para practicar los acentos en tutoriales de internet. A veces, Lita entraba en la habitación de Jule con un plato de guisado y se lo dejaba sin decirle nada.

Jule había llegado a Nueva York en autobús. Después de lo del chico y el licuado, de lo del tacón y la sangre en la banqueta y de que el chico se desplomara, Julietta West Williams había desaparecido del estado de Alabama y también había dejado la preparatoria. Tenía diecisiete años y no tenía que seguir estudiando; ninguna ley la obligaba.

Podría haber ido todo bien si se hubiera quedado allí. El chico había sobrevivido y nunca dijo nada, pero si se hubiera quedado, quizá habría acabado hablando o vengándose.

Pensacola, Florida, sólo estaba a unos cientos de kilómetros. Jule encontró un trabajo remunerado en un gimnasio de un centro comercial. Los dueños no les pedían a los empleados que fueran entrenadores certificados; los inflaban con esteroides y todo era muy poco legal.

Julietta ponía a los chicos a hacer ejercicio todos los días: porteros de discotecas, guardaespaldas e incluso algunos policías. Estuvo trabajando allí seis meses y ganó musculatura. El jefe tenía un sitio de artes marciales a un kilómetro de distancia y le dejaba tomar clases gratis. Jule alquiló una habitación en un motel semanalmente con una cocina pequeña. Se compró una computadora y un celular, pero el resto del dinero lo ahorró.

En las horas de la comida, solía caminar unas calles más allá de la carretera hasta el centro comercial. Era un lugar de alta sociedad con fuentes y tiendas de marca. Julietta leía en la librería con aire acondicionado, miraba los vestidos de miles de dólares en los escaparates y se maquillaba en las grandes tiendas. Se aprendía los nombres de las marcas más elegantes y cambiaba su aspecto con polvos, cremas y labiales. Su cara era de una manera un día y de otra al siguiente. Nunca se gastó un centavo.

Así fue como conoció a Neil. Neil era un chico menudo que usaba chamarra de cuero de color claro. De vez en cuando, pasaba la tarde merodeando por los mostradores de maquillaje, hablando con las chicas. Llevaba unos tenis Nike personalizados y hablaba con acento sureño. No podía tener más de veinticinco años y su cara era como la de un bebé con mejillas coloradas. Tenía patillas y una cruz de oro en el cuello. Era ese tipo de chico que habla demasiado alto en el cine y siempre compra las palomitas grandes.

—¿Neil qué más? —había preguntado Julietta.

—No uso mi apellido —respondió—. No es tan bonito como yo.

Neil estaba en el negocio. Eso es lo que contestó al preguntarle qué hacía en el área de maquillaje:

—Estoy en el negocio.

Jule se preguntó de dónde había salido esa frase. ¿Era de Pensacola o de algún otro sitio?

Sabía a lo que se refería.

—Podrías ganar mucho más de lo que ganas ahora si trabajaras para mí. Te trataría muy bien —le dijo Neil. Era el tercer día que hablaba con él—. ¿En qué trabajas, hermosura? Me he dado cuenta de que no te gastas nada.

—No me llames hermosura.

—¿Qué pasa? Eres preciosa.

—¿En serio consigues gustarles a las chicas llamándoles así? Se encogió de hombros y se rio.

—La verdad es que sí.

—Entonces le gustas a chicas tontas.

—Tengo chicas amables, eso es lo que tengo, que te enseñarían cómo funciona. El trabajo no es difícil.

—Bien.

—Estarías limpia, tendrías ropa bonita y dormirías hasta tarde por las mañanas.

Julietta lo había dejado plantado ese día, pero Neil volvió al área de maquillaje una semana más tarde. Esa vez, le pidió con mucha educación que lo dejara invitarle un burrito en un restaurante de comida rápida del centro comercial. Se sentaron en una mesa sucia al lado de un estanque.

—A los hombres les gustan las mujeres con músculos, ¿sabes? —dijo Neil—. No a todos, pero sí a muchos. A esos tipos les gusta que los manden. Quieren una chica musculosa como tú que no los deje llamarlas "hermosura". ¿Sabes a lo que me refiero? Puedo hacer que consigas mucho dinero de un determinado tipo de hombre. Muchísimo dinero.

—No voy a trabajar en la calle —le dijo.

—No es en la calle, novata. Es un grupo de departamentos con portero, ascensor y jacuzzi. Hay un vigilante que controla la sala y mantiene seguro a todo el mundo. Escucha, ahora mismo la tienes difícil. Te lo digo yo que he estado ahí. Llegué de la nada y he trabajado como un burro para conseguir una vida mejor. Eres una sabelotodo, una chica preciosa y poco común. Tienes un cuerpo resistente que es puro músculo y creo que te mereces algo más de lo que tienes ahora. Eso es todo.

Julietta escuchó.

Estaba diciendo cómo se sentía. La entendía.

—¿De dónde eres, Julietta?

—De Alabama.

—Pareces del norte.

—Perdí mi acento.

—¿Qué?

—Lo cambié.

—¿Cómo?

Los chicos del gimnasio donde trabajaba Julietta eran mayores. Sólo querían hablar sobre repeticiones y kilómetros, pesos y dosis y eran los únicos con los que Jule hablaba. Neil, al menos, era joven.

—Cuando tenía nueve años —le dijo—, tuve un, digamos, mal día. El profesor nos estaba gritando para que nos calláramos. Me estaba gritando a mí para que me callara: "Cállate, niña, ya dijiste bastante", "Para, niña, no pegues, usa las palabras" y, al mismo tiempo, "cállate". Te aplastan. Quieren que seas pequeña y que no hagas ruido. "Sé buena" es otra manera de decir "no te defiendas".

Neil asintió.

—A mí siempre me llamaban la atención por escandaloso.

—Un día, nadie vino a recogerme a la escuela. Nadie. La gente de la dirección llamó a mi casa una y otra vez, pero nadie contestó. El profesor de las clases extraescolares llamó a la maestra Kayla, que me llevó a mi casa en su auto. Ya había oscurecido y apenas la conocía. Me subí al coche porque tenía el pelo bonito. Sí, es una estupidez subirse al coche de un extraño, ya lo sé, pero era una maestra. Me dio una bolsa de caramelos y no paró de hablar durante el viaje para animarme, ¿sabes? Era de Canadá. No sé de qué lugar en Canadá, pero tenía acento.

Neil asintió.

—Empecé a imitarla —continuó Julietta—. Me daba curiosidad su manera de hablar. Decía *torono* en vez de Toronto y cosas así, con acento canadiense. Es un cambio vocálico. Y la hice reír imitándola. Me dijo que era buena imitadora. Después me llevó a casa y me acompañó hasta la puerta.

—¿Y qué pasó?

—Había alguien en casa todo ese tiempo.

—¡Vaya!

—Sí. Estaba viendo la televisión. No había pensado venir a buscarme o no había podido, no lo sé. Estuvo mal de igual manera. No se había molestado en contestar el maldito teléfono todas las veces que llamaron de la escuela. Empujé la puerta y entré. "¿Dónde estabas?", dije. Y ella dijo: "Cállate, ¿no ves que estoy viendo la televisión?", y le respondí: "¿Por qué no contestaste el teléfono?", y dijo: "Te dije que te calles".

Otro "Cállate y no te defiendas" más. Así que me preparé un plato de cereal para cenar y me puse a ver la televisión a su lado. Llevábamos una hora o más viendo la televisión cuando se me ocurrió algo.

—¿Qué?

—La televisión te enseña a hablar: presentadores, gente rica, doctores en los dramas médicos… Ninguno hablaba como yo, pero todos ellos hablaban igual.

—Me imagino.

—Es verdad. Pensé que si aprendía a hablar de esa manera, quizá no me mandarían callar tantas veces.

—¿Aprendiste sola?

—Primero aprendí el acento estadounidense neutro, el que sale en la televisión. Pero ahora me sé el acento de Boston, de Brooklyn, de la Costa Oeste, del Bajo Sur, el canadiense, el británico, el irlandés, el escocés, el sudafricano.

—Quieres ser actriz. ¿Es por eso?

Julieta movió la cabeza.

—Tengo cosas mejores en la cabeza.

—Dominar el mundo, entonces.

—Algo así. Tengo que pensarlo bien.

—Definitivamente, podrías ser actriz —dijo Neil, sonriente—. De hecho, apuesto a que vas a acabar en el cine. Dentro de un año estaré presumiendo: esa chica, Julietta, solía pararse por el mostrador de Chanel y se untaba el maquillaje gratuito; esa chica me dejaba hablar con ella de vez en cuando.

—Gracias.

—Necesitas conseguir ropa bonita, doña Julietta. Tienes que conocer a tipos con dinero que te compren joyas y vestidos bonitos. Hablar como la televisión es una cosa, pero ahorita lo único que hay son pants, tenis y peinados baratos. Nunca llegarás a ningún sitio así.

—No quiero vender lo que estás vendiendo.

—Déjame oírte hablar con acento de Brooklyn —dijo Neil.

—Se me terminó mi hora de comer —se levantó.

—Anda. Irlandés, entonces.

—No.

—Bueno, si alguna vez quieres un trabajo mejor que el que tienes, aquí está mi número —dijo Neil, sacando una tarjeta del bolsillo. La tarjeta era negra y tenía un número de teléfono escrito en plateado.

—Me voy.

Neil levantó la coca-cola como si estuviera brindando.

Julietta se alejó riéndose.

Neil le hacía sentirse guapa. Era un buen oyente.

A la mañana siguiente hizo las maletas y se subió a un autobús que iba a Nueva York. Le daba miedo pensar en lo que podía convertirse si se quedaba más tiempo.

Jule tenía que pagar la renta. Había estado comiendo fideos chinos del supermercado y sólo le quedaban cinco dólares en la cartera.

Ningún gimnasio de Nueva York contrataba a un entrenador sin licencia. No tenía el certificado escolar y tampoco ninguna referencia, porque se había ido de su primer y único trabajo. Los gimnasios pagarían mejor, había pensado, así que utilizó algo de sus ahorros y después buscó algo que le permitiera moverse por el mundo. Después, cuando nadie la contrató, intentó probar en los mostradores de maquillaje, de dependienta en tiendas, de niñera, de mesera, de cualquier puesto disponible. Estuvo fuera todo el día, cada día, buscando. No encontraba nada.

Se paró en el mercado Joyful Food que había debajo de su departamento. Estaba lleno: gente que acababa de salir del trabajo y se acercaba a comprar platos de pasta y latas de frijoles o que iba a jugar a la lotería. Jule compró un vaso de pudín de vainilla por un dólar y agarró una cucharita de plástico. Se comió el pudín para cenar mientras subía las escaleras hasta el departamento que compartía con Lita.

El departamento estaba a oscuras. Jule suspiró aliviada. Lita había llegado pronto o estaba fuera hasta tarde. En cualquier caso, Jule no tenía que poner excusas para no pagar la renta.

La mañana siguiente, Lita no salió de la habitación. Normalmente, los sábados se levantaba a las siete para trabajar en el catering. A las ocho, Jule llamó a la puerta:

—¿Estás bien?

—Estoy muerta —dijo Lita al otro lado de la puerta.

Jule se asomó:

—Hoy trabajas, ¿no?

—A las diez, pero llevo vomitando toda la noche. Mezclé bebidas.

—¿Necesitas agua?

Lita gimió.

—¿Quieres que vaya a tu trabajo? —dijo Jule, teniendo una idea.

—No creo —dijo Lita—. ¿A poco sabes cómo es el trabajo en un catering?

—Claro.

—Si no aparezco, me despedirán —dijo Lita.

—Pues déjame ir —dijo Jule—. A las dos nos viene bien.

Lita movió las piernas al borde de la cama y se agarró a la mesa de noche, mareada.

—Bueno, va.

—¿En serio?

—Sólo que… Diles que eres yo.

—No me parezco en nada a ti.

—No importa. Tengo un nuevo supervisor, no notará la diferencia. Es un gran operativo: lo importante es que taches mi nombre de la lista.

—Hecho.

—Y asegúrate de que el tipo te pague antes de irte. Veinte la hora, efectivo, propinas aparte.

—¿Me quedo el dinero?

—La mitad —dijo Lita—. Es mi trabajo, al fin y al cabo.

—Tres cuartos —dijo Jule.

—Bueno —Lita agarró el teléfono y le escribió una dirección en un pedazo de papel—. Escuela Greenbriar, en el Upper East Side. Tienes que tomar el autobús hasta el tren y después cambiar a la línea verde.

—¿Qué evento hay?

—Una fiesta para los contribuyentes del colegio —Lita se tumbó en la cama y empezó a moverse como si temiera que se le cayera la cabeza—. No debería volver a beber nunca. Ah, tienes que ponerte un vestido negro.

—No tengo nada.

Lita suspiró.

—Sácalo de mi clóset. Te darán un delantal. No, el del listón no, ése se lava en seco. Toma el de algodón.

—También necesito zapatos.

—Jule, por Dios.

—Lo siento.

—Agarra los tacones. Te darán mejores propinas.

Jule metió con dificultad los pies en los zapatos. Eran demasiado pequeños, pero se las arreglaría.

—Gracias.

—Tráeme a casa la mitad de las propinas también —dijo Lita—. Ésos son mis zapatos buenos.

Jule nunca se había puesto un vestido tan bonito. Era de algodón de alto gramaje, un vestido de día con escote rectangular y falda larga. Le sorprendió que Lita tuviera algo así, pero Lita le dijo que le había salido barato en una tienda de segunda mano.

Jule salió a la calle con el vestido y los tenis. Llevaba los zapatos de Lisa en la mochila. El olor de Nueva York en el fragor del principio del verano flotaba en el espeso aire que la rodeaba: basura, pobreza y ambición.

Se decidió a cruzar el puente de Brooklyn. Podía tomar la línea verde desde la parte de Manhattan y no tendría que hacer trasbordo en el metro.

El sol brillaba cuando salió. Se vislumbraban las torres de piedra. Jule podía ver los barcos en el puerto dejando rastros por el agua. La Estatua de la Libertad era fuerte y brillante.

Era extraño sentir cómo el vestido de otra persona la convertía en alguien nuevo. La sensación de ser otra, de cambiarse por otra, de ser guapa y joven y cruzar ese puente tan famoso camino a algo grande... Por eso había ido Jule a Nueva York.

Nunca había tenido esa posibilidad ante ella hasta esa mañana.

19

Tercera semana de junio, 2017
Cabo San Lucas, México

Poco más de un año después, en el Cabo Inn, a las cinco de la mañana, Jule se fue a tropezones hasta el baño, se echó agua en la cara y se pintó los ojos. ¿Por qué no? Le gustaba el maquillaje y tenía tiempo. Se puso un poco de corrector, rubor, añadió sombra, después rímel y labial oscuro con brillo.

Se frotó el pelo con gel y se vistió. Jeans negros, botas y camiseta oscura. Caluroso para el calor mexicano, pero práctico. Hizo la maleta, bebió una botella de agua y cruzó la puerta.

Noa estaba sentada en el pasillo, apoyada contra la pared, con un vaso de café hirviendo entre las manos.

Esperando.

La puerta hizo clic al cerrarse. Jule retrocedió.

Mierda.

Pensaba que era libre o casi libre. Ahora tenía un combate frente a ella.

Noa parecía segura, incluso relajada. Se quedó sentada con las rodillas en alto, poniendo en equilibrio la taza de café.

—¿Imogen Sokoloff? —dijo.

Espera. ¿Cómo?

¿Noa pensaba que era Imogen?

Claro, Imogen.

Noa había intentado ganarse a Jule con Dickens, con un padre enfermo, con gatos abandonados de la mano de Dios, porque sabía que todas esas cosas atraerían a Imogen Sokoloff a una conversación.

—¡Noa! —dijo Jule, sonriendo, de vuelta al acento británico, con la espalda apoyada en la puerta de la habitación—. Ah, pero bueno, qué sorpresa. No puedo creer que estés aquí.

—Quiero hablar contigo sobre la desaparición de Julietta West Williams —dijo Noa—. ¿Conoces a una mujer llamada así?

—¿Cómo dices? —Jule se cambió la bolsa de modo que cruzara su cuerpo y no pudiera caerse fácilmente.

—Puedes dejar lo del acento, Imogen —dijo Noa, levantándose despacio para evitar que se le derramara el café—. Tenemos motivos para creer que has estado usando el pasaporte de Julietta. Las pruebas te señalan como culpable de haber fingido tu propia muerte en Londres hace varios meses, después de lo cual transferiste dinero a su cuenta y le suplantaste la identidad, seguramente con la colaboración de Julietta. Pero nadie la ha visto desde hace semanas. No ha dejado ninguna huella desde poco después que se abriera tu testamento hasta que empezaste a usar las tarjetas de crédito con su nombre en Playa Grande. ¿Te suena familiar? Me pregunto si podría echar un vistazo a tu identificación.

Jule necesitaba procesar toda esa información nueva, pero no había tiempo: tenía que actuar ya.

—Creo que me estás confundiendo con otra persona —dijo, manteniendo el acento británico—. Siento no haber ido a jugar Maratón anoche. Déjame que saque la cartera, estoy segura de que solucionaremos todo esto enseguida.

Hizo como que miraba en la bolsa y, en dos movimientos, estaba encima de Noa. Le dio una patada a la taza de café por debajo, que seguía caliente, y cayó justo en la cara de la detective.

La cabeza de Noa se echó para atrás y Jule le dio un golpe fuerte con la maleta. Le dio a un lado de la cabeza y la tiró al suelo. Jule la levantó y le dio a Noa en el hombro. Una vez, y otra, y otra. Noa se cayó al suelo y le dio a Jule en el tobillo con la mano izquierda mientras le jalaba la pierna izquierda con la derecha.

¿Iba armada? Sí, tenía algo amarrado a la pierna.

Jule aplastó con la bota los huesos de la mano de Noa. Sonó un crujido y Noa chilló, pero con la otra mano siguió intentando agarrar el tobillo de Jule para hacerle perder el equilibrio.

Jule se enderezó contra la pared y golpeó a Noa en la cara. Cuando la detective se dio la vuelta y se protegió los ojos con las manos, Jule le dio un tirón a los pantalones.

Noa llevaba un arma amarrada a la pantorrilla. Jule se la quitó.

Apuntó con la pistola a Noa y caminó hacia atrás por el pasillo, donde agarró la mochila sin dejar de apuntarle con el arma.

Cuando llegó a la escalera, se dio la vuelta y se echó a correr.

Ya afuera de la entrada del hotel, exploró los contenedores y los coches estacionados en la parte de atrás, donde también había bicicletas.

No. Jule no podía agarrar una bici porque no podía dejar la maleta.

Más lejos, colina abajo, la calle se abría a una plaza con una cafetería.

No, era demasiado obvio.

Jule corrió por el estacionamiento del hotel. Cuando dio vuelta en la esquina del edificio, vio en la fachada la ventana de una habitación de invitados. Estaba abierta por arriba.

Jule miró adentro.

Vacía. La cama estaba hecha.

Arrancó el mosquitero de la ventana y lo tiró adentro de la habitación. Metió la maleta por la parte abierta, por donde apenas cabía, y atravesó la persiana veneciana barata. Metió la bolsa y saltó por la repisa de la ventana. Se raspó la piel pasando por encima y aterrizó de un golpe en el suelo. Después cerró la ventana, ajustó la persiana, tiró sus cosas y se deshizo del mosquitero en el baño, donde se encerró.

El hotel era el último lugar en el que Noa la buscaría.

Jule se sentó en el borde de la tina y se obligó a recuperar la respiración. Abrió el cierre de la maleta y sacó la peluca roja. Se quitó la camiseta negra y se puso un top blanco, después se colocó la peluca en la cabeza y se metió el pelo por dentro. Cerró la maleta.

Tomó la pistola y se la metió por el cinturón por la parte de atrás de los pantalones, como había visto que la gente hacía en las películas.

Unos cuantos minutos después escuchó a Noa caminar delante de la ventana de la habitación del hotel. La detective iba hablando por teléfono y caminaba despacio.

—Lo sé —dijo Noa—. He infravalorado la situación, lo sé.

Una pausa.

—Es bastante simple, una heredera que ha huido, ¿sabe? —Noa se había parado y era fácil escucharla—. Una niña rica y tonta, de fiesta. Las pruebas hasta ahora señalan que ella y su amiga fingieron un suicidio que les iba a permitir vivir a lo grande. A las dos se les ocurrió huir juntas. Querían escapar de lo de siempre: un exnovio obsesionado, unos padres controladores. La amiga pensó que iban a compartir el dinero de la herencia, pero la heredera la traicionó. Se quedó con la identificación de la amiga tal y como habían planeado y después se libró de la amiga por completo. Nuestra teoría coincide con un contrato, firmado seguramente en Inglaterra. Ahora la amiga está desaparecida, y la última vez que se le vio fue en abril, en Londres. Mientras tanto, la heredera, con los datos de la amiga, huye con todo el dinero y estaría viviendo feliz si no fuera por el exnovio obsesionado que no cree que se haya suicidado, por lo que sigue molestando a la policía. Al final llegan a pensar que tiene motivos. Lo investigan y, poco a poco, descubren que la tarjeta de crédito de la amiga está siendo utilizada en un hotel de México.

Noa hizo una pausa mientras escuchaba.

—¡Por favor! De una chica como ésa, de Vassar, no te esperas un ataque. Nadie se lo esperaría. Apenas mide metro y medio y lleva tenis de trescientos dólares. No puede echarme eso en cara.

Otra pausa. La voz de Noa comenzó a desvanecerse mientras se alejaba.

—Bueno, mande a alguien porque necesito asistencia médica. La niña tiene mi pistola. Sí, está bien, está bien. Pero mándeme algo de ayuda, ¿comprende?

Forrest había mandado detectives. Jule acababa de caer en la cuenta. Nunca había aceptado el suicidio de Immie, había sospechado de Jule desde el principio y ¿qué habían descubierto gracias a su interrogatorio cual vigilante? Le habían contado que Imogen había cometido un fraude para librarse de él y que la pobre Jule, muerta, no había sido más que una víctima inocente.

Jule salió del baño, se arrastró por el suelo y se agachó por la ventana para mirar afuera. Noa bajaba por la colina agarrándose el brazo y el hombro mientras caminaba.

Un autobús del aeropuerto bajaba por la carretera. Jule agarró la maleta y la arrastró por el pasillo, después salió del hotel por una puerta lateral, caminó con tranquilidad hasta la carretera y levantó el brazo.

El autobús paró.

Ella respiró.

Noa no volteó.

Jule se metió en el autobús.

Noa siguió sin voltear.

Jule pagó el boleto y las puertas del autobús se cerraron. Un coche se detuvo donde estaba Noa, sujetándose la mano rota. La detective le enseñó la identificación a la persona que estaba adentro.

El autobús se alejó en sentido contrario. Jule se sentó en el asiento más cercano al conductor.

Pararía en cualquier lugar donde quisiera bajarse, así funcionaban los autobuses de los aeropuertos.

—Quiero ir a la esquina de Ortiz y Ejido. ¿Puedes llevarme cerca de allí? —preguntó Jule. Ortiz y Ejido, allí era donde el recepcionista del hotel le había dicho que había un tipo vendiendo coches de segunda mano al contado que no hacía preguntas.

El conductor asintió.

Jule West Williams se reclinó en el asiento.

Tenía cuatro pasaportes, cuatro licencias de conducir, tres pelucas, varios miles de dólares en efectivo y el número de la tarjeta de crédito de Forrest Smith-Martin que usaría para comprar boletos de avión.

De hecho, Jule podía hacer varias cosas con la tarjeta de Smith-Martin. Podía hacérsela pagar a Forrest por todos los problemas que le había causado.

Era tentador.

Pero seguramente no se molestaría en hacerlo. Forrest no era nada para Jule ahora que no tenía que ser Imogen Sokoloff durante más tiempo.

Los últimos restos de Immie que le quedaban por dentro se habían esfumado como piedrecitas en la orilla tragadas por la marea.

En el futuro, Jule se convertiría en otra persona totalmente distinta. Habría más puentes que cruzar y otros vestidos que ponerse. Había cambiado el acento, había cambiado su propio ser.

Podía hacerlo de nuevo.

Jule se quitó el anillo de jade con forma de serpiente, lo tiró al suelo y vio cómo rodaba hasta el final del autobús. En Culebra, nadie te pedía la documentación.

Sintió la pistola caliente en la espalda. Iba armada. No tenía corazón.

Como el héroe de una película de acción, Jule West Williams era el centro de la historia.

NOTA DE LA AUTORA

Me inspiré en muchísimos libros y películas a la hora de escribir *Todo es mentira*: historias victorianas de huérfanos, cuentos de artistas de la estafa, novelas de antihéroes, películas de acción, cine negro, cómics de superhéroes, libros que empiezan por el final, historias de movilidad social y libros sobre mujeres infelices con una ambición feroz. Siento la novela que he escrito como una capa sobre otra capa de referencias. Me resulta imposible nombrar todas mis influencias, pero en particular se lo debo a Patricia Highsmith por *El talento de Mr. Ripley*, a Mark Seal por *El hombre vestido de Rockefeller* y a Charles Dickens por *Grandes esperanzas*.

AGRADECIMIENTOS

Gracias a mis primeros lectores por sus observaciones tan detalladas: Ivy Aukin, Coe Booth, Matt de la Peña, Justine Larbalestier y Zoey Peresman. Un agradecimiento mayor a Sarah Mlynowski, que ha leído varios borradores. La fotógrafa Heather Weston creó un conjunto de imágenes maravillosas inspiradas por la novela, y son muy significativas al comprender su estética. Estoy en deuda con Ally Carter, Laura Ruby, Anne Ursu, Robin Wasserman, Scott Westerfeld, Gayle Forman, Melissa Kantor, Bob, Meg Wolitzer, Kate Carr, Libba Bray y Len Jenkin por el apoyo y sus consejos voluntarios. Mi agente, Elizabeth Kaplan, ha sido una campeona; su ayudante, Brian McGuffog, una gran ayuda. Gracias a Jane Harris y a Emma Mattewson de Hot Key Books y a Eva Mills y Elise Jones de Allen & Unwin por su entusiasmo inicial. Gracias a Ramona Jenkin por los conocimientos médicos. Siento gratitud por el increíble equipo de Penguin Random House, incluyendo, entre otros, a John Adamo, Laura Antonacci, Dominique Cimina, Kathleen Dunn, Colleen Fellingham, Anna Gjesteby, Rebecca Gudelis, Christine Labov, Casey Lloyd, Barbara Marcus, Lisa Nadel, Adrienne

Waintraub y, en particular, a mi exigente, paciente y positiva editora y heroína de acción, Beverly Horowitz. Gracias a mi familia de aquí y de allá y, ante todo, a Daniel Aukin.

Todo es mentira de E. Lockhart
se terminó de imprimir en marzo de 2018
en los talleres de
Impresora Tauro S.A. de C.V.
Av. Plutarco Elías Calles 396, col. Los Reyes,
Ciudad de México